银牦牛尾

YIN MAO NIU WEI

毕淑敏/著

凤凰出版传媒集团
江苏文艺出版社
JIANGSU LITERATURE AND ART
PUBLISHING HOUSE

图书在版编目（CIP）数据

银牦牛尾 / 毕淑敏著. —南京：江苏文艺出版社，2011. 7

ISBN 978-7-5399-4612-2

Ⅰ. ①银… Ⅱ. ①毕… Ⅲ. ①中篇小说–小说集–中国–当代②短篇小说–小说集–中国–当代 Ⅳ. ①I247.7

中国版本图书馆CIP数据核字（2011）第144262号

书　　名　银牦牛尾
作　　者　毕淑敏
责任编辑　黄孝阳
责任监制　卞宁坚　江伟明
出版发行　凤凰出版传媒集团
　　　　　江苏文艺出版社（南京市中央路165号　210009）
发　　行　北京时代华语图书股份有限公司
集团网址　凤凰出版传媒网 http：//www.ppm.cn
印　　刷　北京同文印刷有限责任公司
经　　销　江苏省新华发行集团有限公司
开　　本　880 × 1230毫米　1/32
印　　张　9
字　　数　172千字
版　　次　2011年10月第1版，2011年10月第1次印刷
标准书号　ISBN 978-7-5399-4612-2
定　　价　29.80元

目 录

文学界的白衣天使

王　蒙

如果她的署名是阿咪、狂姐、原水爆或者荷兰豆，也许我早就读过她的作品了。

然而她的名字是毕淑敏，这名字普通得如——对不起——任何一个街道妇女。

而且她说她从小就是一个好学生，她的数学与语文是同样地好（总算找到了一个喜欢也学得好数学的同行了，王蒙大悦焉！），她的开始写作源于她父亲的建议，而她的戒骄戒躁是由于儿时的母亲的教导，为了写作她在完成了医学学业以后又去上广播电视大学的文学系并以“优”的成绩毕业，继而读研究生，获得了硕士学位（有几个作家老老实实地这样学过文学？），再说，她同时是或者更加是一个医术精良的内科医生，她对此充满自信与自豪……

我真的不知道世界上还有这样规规矩矩的作家与文学之路。我本来以为新涌现出来的作家都可能是怀才不遇、牢骚满腹、刺头反骨、不敬父母（而且还要审父）、不服师长、不屑学业、嘲笑文凭、突破颠覆、艰深费解、与世难谐、大话爆破、呻吟颤抖、充满了智慧的痛苦天才的孤独哲人的憔悴冲锋队员的血性暴烈，或者安定医院住院病人的忧郁兼躁狂的伟人枣怪物。

毕淑敏则不是这样。她太正常、太良善，甚至于是太听话了。即使做了小说，似乎也没有忘记她的医生的治病救人的宗旨，普度众生的宏愿，苦口婆心的耐性，有条不紊的规章和清澈如水的医心。她有一种把对于人的关怀和热情、悲悯化为冷静的处方，集道德、文学、科学于一体的思维方式、写作方式与行为方式……

所以就更显得毕淑敏的正常、善意、祥和、冷静乃至循规蹈矩的难能可贵。即使她写了像《昆仑殇》这样严峻的、撼人心魄的事件，她仍然保持着对于每一个当事人与责任者的善意与公平。善意与冷静，像孪生姐妹一样地时刻跟随着毕淑敏的笔端。惟其冷静才能公正，惟其公正才能好心，惟其好心世界才有希望，自己才有希望，而不至于使自己使读者使国家使社会陷于万劫不复的恶性循环里，也许她缺少了应有的批评与憎恨，但至少无愧于、其实是远远优于那些缺少应有的爱心与好意的志士。她正视死亡与血污，下笔常常令人战栗，如《紫色人形》《预约死亡》，但主旨仍然平实和悦，她是要她的读者更好地活下去、爱下去、工作下去。她宁愿意忏悔“我”的多疑与戒备太过，歌颂普通人性（《翻浆》），而与泛恶论的诅咒与煽动迎迴异其趣。至于她的散文就更加明澈见底了。

她确实是一个真正的医生，好医生，她会成为文学界的白衣天使。昆仑山上当兵的经历，医生的身份与心术，加上自幼大大的良民的自觉，使她成为文学圈内的一个新起的、别有特色的、新谐与健康的因子。

而另外的多得多的天才作家的另一面，实在是文学界的病友。我尊敬与同情我的病友，我知道世界上许多伟大的作家都有病，他们太痛苦了，他们因痛苦而益发伟大了。但同时我也赞美与感谢大夫，为了全国人民的身心健康，我祝愿在大夫与病友的比例上不至于出现太大的失调。有病人也有医生，这才是世界，这才有各种写不完的故事。

不知道这是我的幸还是不幸，不知道这是不是我的被误解与被攻击的原因之一，我既觉得病人之可哀可叹，又觉得医生之可亲可信，特别是当我给一个比我年轻的作家作序写评的时候，我承认每一片树叶的价值。当然，我宁愿多称赞一点祥和与理性，我也许又发放了太多的苦口的良药，真对不起。

天衣无缝

邹安回娘家吃晚饭，一推房门，异香扑鼻而来。

“妈妈，是什么这么香啊？”邹安已为人妇，而且是见过世面的白领小姐，但一回到家里，就立即在感觉中将自己缩小，十分自然地幼稚起来。

“你尝尝看。”妈妈把汤钵的盖子掀开。虽说家里通常是聚餐，而且讲究的是让父亲动第一筷子，但妈妈常常提前从锅里拣出精华的部分，以饲她最疼爱的儿女。

满满一钵肉。邹安嚼了一块，好吃极了。她从小就爱吃肉，妈妈总说她不是猴子变的，是老虎变的。

“到底是什么肉呢？像是鸡，又不是。”邹安摆弄着那块精致的小骨头。

“是雪兔肉。别人送的。听说这种兔子是吃雪长大的，消灾祛病益寿延年。只是肉太少，我把它和鸡炖在一起了。”妈妈热心传布关于动物的神话。

吃饭的时候，邹安很仔细地避开鸡肉，专挑雪兔肉吃。雪兔比母鸡更容易吸收酱油，显出琥珀样的红光。

雪兔一定还有别的药用价值。邹安回到自家的小巢时，已经很晚了，还是推醒丈夫造爱。

以后的日子很平和。他们结婚的时间不长，没有特别地想要孩子，也没有特别地不想要孩子。虽然年轻，却很推崇古典的顺其自然。这年头，顺其自然是一种时髦。过去是境遇不好的人喜悦这话，借以自勉自娱。现在却是混得光彩的人如此说。

邹安怀孕了，她一点都不惊奇，用医院的阳性化验单通知了丈夫。她历来鄙夷电影电视里的镜头：到了妻子缝制小孩衣服的时候，丈夫才恍然大悟。

她交化验单时的神情，镇定得如同递一张电影票。

丈夫很仔细地看了单子，然后说："好事啊。不过你要多受苦了。"

"没什么。对女人来讲，这是很正常很自然的事。"邹安平静地说。觉得自己是一只精美的空箱子，该装一些宝贵的东西在里面了。

"我们的孩子该集合我们俩的优点，比如我的眼睛、你的嘴唇……你的嘴唇最好看，像红沙漠上平缓起伏的沙丘……你知道吗？"夜里，丈夫这样说。

邹安笑了，说："关于嘴唇的话，你说过1000遍了。关于优点的话，所有的孕妇家里都进行过这种讨论。集合优点，要服从概率。咱们俩的基因，就像一副打乱了的扑克牌，怎么能保证抓到手的都是一色红桃呢？”

丈夫说：“就算不都是红桃，咱们俩这样能干，孩子也该集中了大小王和几个尖儿吧？”

邹安就把这话学给公司里的同事听。大家表面上不说什么，暗地憋着劲，等着看美丽的邹安生个什么样的宁馨儿出来。

日子渐渐沉重，邹安像注满了水的茶壶，臃肿不堪。在最后一次产前检查的时候，她听到一个膨着袋鼠样肚子的孕妇对另一个小肚子的孕妇说：“你吃了兔肉没有？”

小肚子说：“没有。谁敢吃那东西？吃了孩子三瓣嘴。”

袋鼠说：“这是迷信呢。不过，还是躲着点好。我是中国的外国的迷信都信。”

邹安突然想到了雪兔，心里打了一个寒战。但她很快对自己说，这都是没有文化的人无稽之谈。她不断重复着：雪兔不是兔。

她知道孕妇在临产前都有一种对怪胎的恐惧。但自己这样青春健康，没有受过核辐射和病毒感染，整个孕期几乎连一片药都没吃过，孩子怎么会有毛病呢！

邹安躺在产床上的时候，非常宁静。她甚至为这种宁静感到羞涩。所有的病人都在鬼哭狼嚎，产房是一座放肆的演奏生命摇滚的大厅。邹安在这里显得格格不入，只有生过许多孩子的老妇才这样无动于衷，孩子顺产。婴儿头一接触到冰冷的空气，没有丝毫的停顿，就像猎豹样凶猛地啼叫起来。邹安知道那不是哭，哭是人类悲痛的表示，一个刚降生的孩子，快乐还来不及呢，他是在以哭为乐。

助产士摆弄着孩子。邹安抑制着疲倦，仄着身子看了一眼。婴儿的头拢在助产士手掌中，长相没看清，只见到那是一个男孩。

助产士抱孩子对着医生说："怎么办？"

医生说："她的丈夫在吗？"

助产士说："不在。"

医生说："其他的亲人呢？"

"也不在。"助产士回答。

医生说："那就只有同本人谈了。她的情况好吗？"

助产士说："还好。各方面都很正常。"

医生说："那好吧。我来谈这件事。"

邹安很清楚，听到了所有的对话，不知道这同自己有什么关系。她躺在产床上，像一条悠闲的白鲸，等着人们把她的产品呈上来，让她过目。

助产士小心地托着孩子走过来，好像那是一柄重剑。

医生接过来，因为新生儿柔若无骨，便用前臂垫着他的脊椎骨，让孩子的屁股坐落在自己的肘中。这样婴儿就站起来了，突兀地矗立在邹安眼前。

丈夫本来是要陪着邹安的，但她把他轰走了。“你忙你的。生孩子是我自己的事，不喜欢旁人参观或是多手多脚。”她这样说。也不让妈妈操心。

医生举着浮雕般的孩子说：“一个男孩。我们大致检查了一下，其他还好。但是个兔唇，抱给你看看……”

医生还没说完话，那小小的婴儿打了一个哈欠。他的小唇的确很像邹安，轮廓轻柔。但唇中央像峡谷一般地开裂了，暴露出粉红色的小膛和黑洞洞的咽部。

邹安立即被旋转的粉红色和黑色湮没……

当她醒来的时候，听见丈夫愤怒地对医生说：“你们怎么能这样残忍？她刚生完孩子，身体虚弱，你们却要把这么刺激的消息告诉她，还一定要她亲眼看……”

医生很温和地说：“按照保护性医疗制度，我们不应该给产妇这样的恶性刺激，但是医院常常为这种事吃官司，我们只好当场验明正身。不然出了产房，有人就不认账，说我们是狸猫换太子。我们有我们的苦衷，没想到她的反应这么强烈，其实兔唇是最轻微的畸形，可以修补得天衣无缝。”

邹安始终没有睁眼。不知道睁开眼之后说什么。她只记住了一句话：天衣无缝。

邹安带着孩子出院之后，没等同事们来看她，就立即迁往丈夫的家乡——一个小城坐月子。同事们谁也不知道兔唇的事，都说：“你看，邹安的运气多好，有婆婆侍候。6个月产假后，就带着白白胖胖的大儿子回来了。到那时，我们去给她贺喜，还要吃红皮鸡蛋。”其实很多人现在已经不吃鸡蛋了，嫌胆固醇高。但大家都愿意助兴。

邹安生了孩子5个月之后，悄悄地潜回娘家。妈妈看了吓一跳，说：“你怎么这么瘦？哪里像月婆子的样？是不是婆婆待你不好？让妈好好给你补一补。”

邹安苦笑着说：“婆婆倒是挺好的。是我自己吃不下。”

妈妈说：“她没有嫌你生了个兔子嘴的孩子吧？要是说了，你就说我们这边从来没有这个根的，一定是他们家遗传。”

邹安说：“婆婆没说什么。还一个劲地劝我不要放在心上，说乡下这样的孩子多得很，只要脑子聪明，是一样的。还说，越是这样的孩子，越是要对他好一点。”

妈妈说：“嗯，亲家母还挺明事理。”又说：“既然是这样好，那你还愁什么呢？”

邹安不由得哭了，说：“愁孩子啊。在乡下当然是好养活的，可我们是在城里。这个孩子长大了，会多么自卑！现在宾馆里招一个看大门的，都要标致得像罗密欧。我生出的是一个废品，别人不说什么，我心里也永远不能原谅自己。”

妈妈说：“那可怎么办？又不能再生一个！”

邹安不说话了。在那些忧郁的夜晚，她不止一次想过，这个孩子要是死了就好了。锋利的念头一闪，她就立即开始掐自己，拧自己，凶猛地惩罚自己。在常人看不到的隐秘处，她把自己虐待得淤血瘢瘢，这样做了以后，她的心境就会有几天的平静。但那个残酷的念头也因受到了应有的处罚，变得堂而皇之，愈加频繁地冒起来。邹安恨透了自己的杀机，但没有办法。她是一个很理智而且要强的女孩，从小就事事争第一。没想到在这样一件最蠢的女人都能干好的事情上，自己失败得如此凄惨。这是一道做错了的题，没有橡皮，不许你修改。

她急急地赶回家，是想从这种疯狂的想象中解脱出来，市里有很好的整容医院，她要赶快把孩子修补得天衣无缝，让一切恢复正常。

邹安依旧保持着很好的身段，因为她不给孩子喂奶。在分娩以前，邹安是力主母乳喂养的。她对丈夫说："哪怕我的体形变成了一个拿破仑酒桶，也要用自己的乳汁哺育我们的婴儿。我不能让他喝牛奶，要知道牛奶是喂牛的，而我们是人！"

丈大吻着她说："你真是一个英雄母亲。"

丈夫现在到国外去了，一切的担子都落到邹安一人身上。

邹安没能给孩子喂成奶的原因，不是邹安。兔唇的孩子根本就无法吮吸母亲的乳汁。他们的嘴是一个破烂的漏斗。面对粮仓，饿得啼哭不止。

产后淤积的乳汁像两颗手雷，紧邦邦地坠在邹安的前胸，使她行走时有一种扑倒的感觉。她为儿子沏好了进口的奶粉，但这个畸形的孩子仍无法进食。牛奶在嘴里四溢，泡沫溢满了脸颊。偶尔流进咽喉的乳汁引起剧烈的呛咳，小小的孩子憋得像要爆炸的栗子。邹安把孩子往床上一丢，好像小时扔一个破布娃娃。这样的孩子有什么用呢？他的存在，不但是父母的耻辱，更是自身的苦难啊！

猛烈的震荡救了豁豁嘴的孩子，呛进气管的乳汁弹了出来，呼吸欢畅了，饥饿的哭声十分嘹亮。

婆婆忍不住了，说："你抱抱他。"媳妇是从大地方来的，自有一套养孩子的理论，乡下的老太太原不敢多嘴的。但孙儿的哭声使她勇敢起来。

邹安只好抱起孩子。婴儿的哭声由于身体位置的变换，暂停了一下。但根本问题没解决，他继续用所有的力量向世界表达不休的愤懑。

"你一个当娘的，不能老叫孩子这样哭啊！"奶奶实在听不下去了，顾不得城里媳妇的面子，摆出婆婆的威严。

"可是这能怪我吗？他的嘴根本就不是人嘴，是兔子嘴。我总不能喂他青草吧！"邹安也哭起来了。

婆婆这才明白，虽然世界上的人已经能把自己送到月亮里当嫦娥，可并没有发明出给豁豁嘴的孩子专用的吃食。还得用乡下的老法子，把面糊糊一匀匀地填进小婴儿的嗓子眼，才能既喂饱他，又呛不着他……

姥姥看邹安给孩子喂奶糊，笨手笨脚的，就说："孩子挺胖的，要是不看脸，根本就不知道有毛病。你带的不错，怎么干起活来这么不在行？”

邹安手忙脚乱地说：“在那儿，都是他奶奶给喂的。我不能看见这张有残疾的脸。看着看着，只觉得自己的嘴唇也豁开了。毕竟他和我太像了。”

姥姥就叹了一口气，接过小勺说：“我来吧。”

面糊糊里搀了雀巢奶粉，挺香。

邹安抱着孩子进了整容医院。

“医生，求求您，请给我的孩子做手术吧！”她对外科医生说。

医生看了一眼，仅一眼，他就什么都明白了。有经验的医生就像屠宰商人，张口就能说出杀了一口猪，可出多少净肉。

孩子包在名贵的襁褓之中，脸上覆着淡金色的绒毛，像一颗新鲜的芒果。感觉到有人在注视他，婴儿微笑了。这就把他的缺陷暴露在光天化日之下了。

“我们这里做这个手术是有把握的。只是，他多大了？”医生迅速登记着。

“5个月零3天。”邹安说。她记得很清楚，这就是她在痛苦中煎熬的时间。

“哦，真对不起。我们现在没法收他住院手术。”医生遗憾地放下了吸水钢笔。

“是不是……”邹安想起了有关医生红包的种种传闻。但是她不知道怎么说才合适。歇了5个月的产假，仿佛进了空难的黑匣子，外界的事一概隔膜了。

“我们还是比较宽裕的，为了这个孩子，只要能治好他的嘴，我们很愿意谢谢医生……”她笨拙地说着，脸上绷得像涂满了面膜，心中充溢怨恨。都是怀中的这个丑陋婴儿，使她从高贵的地位跌下来，低三下四地求人！

“不不。你想到哪里去了？我的意思是这个孩子太小了。按照我们的经验，要在孩子18个月以后，成功的把握才比较大……”医生解释。

“但是，我看了有关的书，上面说国外现在已经把这个界限提到了6个月。”邹安试探地说。她耍了一个小小的花招，那书上说的是1岁，邹安把它萎缩了一半。她看了那本资料的出版时间，已经过时了。她想科学在日新月异地发展，这样一个小小的修补术，对于已经能嫁接基因的医学来说，该是易如反掌的事。

秃顶的医生什么也没说。也许他识破了邹安的谎言，可是他还是点了头。“从理论上说，手术是越早越好，有利于恢复得像正常孩子，但是，太早了，孩子太小，手术的麻醉风险太大。”过了一会儿，他补充道。

邹安误会了医生的话。假如他说的是“危险太大”，她就会慎重地考虑。但医生说的是“风险”，邹安就以为是指医务上的麻烦多。她就使劲说服医生，为她的小婴儿开一个绿灯。

“我相信您。我们会让孩子一辈子记着您，感谢您的。是您让他成为一个正常的孩子的。真的，我希望越早越好，现在邻居和别的人，都不知道他是一个兔唇，修好了，就永远不会有人知道这个秘密了。不然，就是补得天衣无缝，人们还会指着他的后背说，他以前是个豁豁嘴……”她把医生当成自家的亲人，充满祈望地说。

医生频频地点头，说：“既然你这样强烈地要求，我们可以一试。有许多很小的婴儿，做过比这更复杂的手术，国外甚至还有给胎儿做心脏手术的先例。不过，因为与常规不符，所以你得写一份书面的文字材料，说明这是你的要求。万一出了什么意外，与医院无关。当然，你要是不愿意，就此作罢。”

这其实是邹安挽回孩子生命的最后一次机会。但人们常为医生的坦诚所迷惑，以为他既预料到了事物的最坏环境，必是有了相应的准备。后果自然也就不会那样悲惨了。人们总以为医生在吓唬人，医生也乐意人们这样以为。我们就可以有恃无恐地干许多事了。

邹安签了手术委托书，她的签名很潇洒。医生说，你的字很漂亮。

多么微不足道的一句话！从小到大，有许多人夸过邹安的字，邹安已经对这方面的夸奖无动于衷，但是医生的随口的话仍是叫她好欢喜，觉得这是一个好兆头。医生既然注意到了她的字，就证明注意到了她对医生的信任。医生会对她的儿子格外认真的。

“孩子除了先天性唇裂以外，其余非常正常。”医生满意地说。这是一块结实的石头，在上面是可以雕出好花样的。

“是啊。他是个非常健壮的男孩。”邹安骄傲地说。她从未能为自己的孩子骄傲过，这一次，在这个外科医生面前，她知道了做一个完美孩子的母亲是多么惬意！

“如果你最后决定了，就把孩子留在我们这儿。”医生说。

“为什么？”邹安没想到她抱着孩子来，却要空手回去。做手术也像修电视机一样，需要放下东西回家静等吗？

“假如决定手术，就由我们的护士负责喂养，以建立感情。你想，在手术恢复的过程中，孩子是不能哭的。一哭，缝好的嘴唇就裂开了。假如直到手术前孩子才离开妈妈，手术后都是陌生人，孩子怎么能不哭呢？假如是大一点的孩子，还可以做思想政治工作，或者干脆吓唬他们。但对这么小的婴儿，只有让他暂且忘记你的脸，记住护士的面孔……”医生娓娓解释着。在医生的逻辑面前，你往往有一种被催眠的感觉，说不出反驳的话。

邹安就两手空空地回家了。

邹安原原本本向妈妈学了医生的话。妈沉吟了半天说：“孩子是你的。他那么小，自己又决定不了自己的事。可不就由你说了算。你可要慎重。”

邹安说："妈，可我是您的。您说了算。"

妈说："我没碰见这样的事。你们生下来的时候，零件都好好的。"

邹安说："妈！连您都讥讽我。我更要让孩子早早把手术做了，成为一个完整的人。"

妈抚摸着邹安的头发说："妈不是那个意思。妈只是想说，这么急着做手术，是为了孩子，还是为了你自己？"

邹安听出了妈的意思，就说："是为了我。但更是为了孩子。我不断地想，如果我小时候是个豁豁嘴，一定希望在我还不懂事的时候，把它治好。等长大以后，疼也忘了，丑也忘了，完全和正常人一样。假如我的父母推卸了这份责压，非要等我长大了，自己做主，看似仁慈，实则残忍。"

妈还不死心，说："你不和他的爸爸商量商量？"

邹安说："这是我制造出的产品，我说了算。"

妈就有点生气了，说："那你还是我造的呢，我说了怎么不算？"

邹安就恼羞成怒，说："要是你不给我吃兔子肉，这些事就都没有了！"

她明知兔子和这事没关系，还是要狠狠地说。

妈就再也不答话了。

在等待手术的日子里，邹安焦急不安。好多次她想跑到医院，抱回自己的孩子。她想对医生说："我们不做了。我们就这样也挺好。或者等他大些再说吧。”这句话像洪水中的圆木，不停地在人思绪中翻滚。直到在睡梦中都流利地说了出来。

妈赶忙爬起来说：“我的儿！你终于想通了，这多好。我们天一亮就到医院去，把孩子抱回来。”

邹安揉着眼，面无表情地说：“刚才的话不算数。”

妈就噎在那里，觉得自己的脖子立时长出一个包。

终于到了手术的日子。邹安早上穿了自己最好的衣服，到医院里去。为了什么要穿漂亮的衣服呢？儿子还认识妈妈吗？是不是要在孩子的眼里留下最好的模样？她想了半天，才模模糊糊地觉得自己是胆怯了。女人在胆怯的时候，要么借助食物，要么借助衣物，才觉得自己有所依傍。

妈妈说：“我跟你一块去吧？”

邹安顽强地说：“不用。这是一个很小的手术。”其实她的心里太渴望妈妈和自己一道去了。只要妈妈再坚持一下，她就答应妈妈同去。但是妈妈再没说什么。邹安等了一会儿，见妈妈不会有新的言语了，就毅然决然的出了门。在出门的一刹那，她突然明白了：其实妈妈的心里也害怕医院里漫长的等待。

当邹安真的站在医院的时候，心情反倒平静了。许多重病的人都生机勃勃地活着，她的小儿子一定会被修补得天衣无缝。到那时候，她一定全心全意地爱他。

她看到秃头医生，真想对他说点什么。说什么呢？无非是拜托了，您多辛苦这类的话，她觉得很俗套。但是不说这些，又说什么呢？她还没来得及想出得体的措辞，秃头医生就先开了口：“看看你的儿子吧。看比你自己带的时候是胖了还是瘦了？”

邹安赶紧说：“在您这儿，我很放心。”

秃头医生面无表情地让护士把孩子抱过来。几天不见，孩子好像长大了，除了他的嘴，实在是个英俊的男孩。邹安突然对他充满了怜爱之情，紧抱在胸前。感觉到他小小的心脏，像一面小鼓，快速而匀称地跳动着……

那个孩子哭了，不安地挣扎着，向四处寻觅……邹安一下有些慌，虽然她以前不是常抱孩子，但小家伙跟她还是挺熟的。这是怎么了？

护士接过去，孩子就好了。

医生满意地说：“这就好了。我们在手术前，都要做这样一次试验。要是孩子还舍不得妈妈，手术就得推迟，现在很好，我们可以开始了。”

邹安最后看到她的孩子，小家伙已经被冬眠了，宁静地躺在手术车上，就要进入手术室。他是那么的小，躺在漂白的手术单子下面，像一本折皱的书。护士轻快地推动着，好像那是一辆空车。

邹安目送着车，她看到那个小小的人儿，很香甜地咀嚼了一下。而且睁了那笑容像春天的一只小鸭子，调皮地浮动在婴儿的脸上。

邹安一会儿坐下一会儿站起。医院手术室外的座椅，被无数亲人的肌肤磨出油亮的木纹。邹安想，这些椅子将来就是朽了，被人拣去当柴烧，火焰都得是黑色的。

她看过许多这方面手术的书，因此可以穿透墙壁看到里面的情景。

他们给他施行全身麻醉……他们切开皮肤……他们用头发做的丝线开始一层层细密地缝合豁口……他们……

真是无比痛苦的煎熬。邹安觉得自己的双肩像乘坐翻滚过山车一样，被坚硬的钢箍扣死。心脏想冲破皮肤，在光天化日下跳动。流动的血变成了渣滓，晦涩地贴在咽喉。眼球变大，身体温度不断地升高……

随着时间推移，邹安渐渐麻木下来。她知道手术就要结束了，可怕的过程已走到尽头。

邹安对自己说，等儿子长成翩翩美少年时，我一定要告诉他，今天心灵受到的折磨。

一个护士急匆匆地跑出来，说："谁是邹安子的母亲？"

邹安一时没听明白，愣了一下才反应过来。

当初孩子住院的时候，登记处问这孩子叫什么名字？邹安说："还没有给他起大名呢。等手术成功了，起个好名字。"

登记处说，那也得有个名字啊，不然怎么写病历？

于是邹安慌忙站起来，说：“我就是。”

护士说：“快进去看看你的孩子吧。”

邹安说：“手术成功了？”

护士说：“手术倒是成功了，只是孩子不行了。麻醉太深了，孩子醒不过来了。”

这一次，邹安没晕倒。她像梦幻一般地跟着护士进了洁白的手术室，轻盈地仿佛在太中穿行。

她的小儿子宁静地躺在手术床上，无声无息，像一半已融化成水的雪花。

他的脸是出奇的完美，父母双方的优点全显现出来了。尤其是他的嘴唇，修补得天衣无缝，曲线柔和得如同沙漠上最优美的沙丘。

一座白沙丘。

生生不已

厄运就蕴藏在那块鸽血红的酱豆腐里。

在那块酱豆腐之前，乔先竹一直以为女儿姜小甜是个能吃能睡的好孩子。

悲哀是从中午12点15分降临的。乔先竹清晰地记得那个时刻，好像那是原子弹爆发的时间。

12点钟下班，1点钟上班，中午只有一个小时的午休时间。工人是没有资格睡午觉的，那是有身份的人的事。乔先竹要骑车赶回家去给上学的女儿做饭。

说是做饭，其实剔了路上的时间，所余的工夫就很有限了。手笨的女人做不出来，只够把早上的剩饭热热给孩子吃。不过乔先竹手巧。

12点整的时候，工厂的大铁门像个忧郁的老人，难得地咧开嘴一笑。女工们倚着铁栅栏冲了出来，好像越狱一般。从现在开始，每一分钟都是自己的。

当男工们最后一颗米粒滑过粗粝的喉结，准备打牌时，乔先竹正骑到了一家小杂货店的门前。

她该一股脑骑过去，那样一切都不会发生。可是她今天骑得格外的快，比平日到家的时间要早，就有足够的闲情逸致打量了周围的景色。

正是春天，小镇像一匹肮脏而又生意盎然的毛驴，到处都漂浮着令人想打喷嚏的气味。

千不该万不该，乔先竹不该瞄了一眼杂货店门前的小黑板。

小黑板实际是扯下来的一块多边形三合板，又抹了层墨汁。歪歪斜斜地写着：新到臭豆腐、酱豆腐。结尾是3个炸弹似的大惊叹号。

粉笔字的色彩很鲜艳，石灰颗粒毛茸茸地粘在粗糙的木纹上。

乔先竹下了车，没上锁就进了小店。她的车很破烂，而且她马上就会出来。

小店里很黑，刚进来的人看不清，早潜进的人则洞若观火。“买什么呀？”有人问，声音暗哑得如同被人踩裂了的老竹子。卖货的本是一个爽脆的小姑娘。

一位老女人的轮廓从酱油瓶子的背景上凸了出来，是邻居司徒大妈。乔先竹不想碰上她，老太太的车轱辘话，会耽误了孩子的饭。

“给小甜买块酱豆腐，就疙瘩汤吃。”乔先竹说着，把破书包里的饭盒掏了出来。饭盒盖剐着了书包带上缠着的旧玻璃丝，翘起了一个角，一股白气像狐仙似的冒了出来，灼痛了她的手。

厂子里中午管蒸饭。工人们就蒸一大盒子，留着晚上回家再吃，给自家省点薪火。

乔先竹故意不看司徒大妈。一交换眼神，老太太的话就更没边没沿了。敢情她退休了，巴不得有人跟她聊天。乔先竹得让孩子一回到家就能看到香喷喷的一大锅疙瘩汤。

她对给司徒大妈包完了碱面的售货员说："我先看看颜色红不红。不新鲜我可不要。"

"新鲜！像鸽子血那么红！姑娘，给我们拣两块卧在下头的。"司徒大妈一点都不计较乔先竹的怠慢，像吩咐自家闺女一般，指挥售货员。

小姑娘想不买账，又一想好歹也算个主顾，就先不忙着招呼刚进来的那位上了年纪的男人，把酱豆腐坛子揭了盖。

一股好闻的酱菜味涌进鼻子。乔先竹吹了吹手指，饭盒盖烫着了她。事情到了这会儿，不管酱豆腐是不是鸽血红，她都得买了。

"先买一块吧。现吃现买好。"乔先竹说，然后盘算着怎么用手托着饭盒盖骑车回家。

"多来点汤。"司徒大妈很权威地指示着。

"呦！就一块酱豆腐还想多要汤！都这么着，我这酱菜坛子还不得成了上甘岭。您就将就点吧。”小姑娘麻利地把一块酱豆腐夹到了乔先竹的饭盒盖上。

“那就再来两块吧。”乔先竹说。一是她看着酱豆腐不黑不燥；二是她不愿司徒大妈为了自己受这番抢白。

“别呀！吃多少买多少，要不，皴了。”司徒大妈设身处地地说。

“我家小甜可能吃了。要是敞开来吃，一顿能吃两块酱豆腐。”

“哟！那还不得变了鼹蝠。”司徒大妈吃惊得假牙差点没掉下来。

“老鼠吃多了盐，才变鼹蝠呢。”乔先竹不高兴了。

“嗨！我也是老糊涂了。可小甜一个女孩家，怎么就能吃那么咸的东西呢？不咳嗽哟？不上火哟？”司徒大妈把昏花的老眼睁得很大。她越老越爱表现惊奇。

“可她一顿还喝一大锅疙瘩汤呢。”乔先竹一面为小甜辩解着，一面也觉得这确实是个怪事。

“喝多少？一大锅？你们家的那口双耳大铁锅？”司徒大妈在街道管点事，家家根底她像克格勃一样清楚。

“是啊。我们家就那么一口锅。”乔先竹不知为什么，心里有些发慌。

“你中午就那么屁大点的时间，哪做得出恁大一锅汤！”司徒大妈见多识广地不相信。

“两大暖瓶开水都是早上现烧的，到了晌午没有一百度也有九十度，下锅就开。舀一勺子猪油香香嘴，择两把菜叶子丢下水。这边就紧着攥一双筷子搅疙瘩，稀稠也顾不得调了，拨拉进锅就是了。八九岁的孩子不知道个好赖，啥也不挑。小甜刚到家我就得走，等晚上我回家来，锅像被小叭狗舔了一样净……”

时间已经不够耽误的了，可乔先竹还想说点什么。

“这么吃，小甜可得胖。”司徒大妈很严肃地说。

“不胖啊。还一个劲地掉秤呢！”

“多给吃点好的。正是长个的时候，光给喝疙瘩汤可怎么行呢？吃肉！吃鱼！吃……”司徒大妈瘪瘪嘴。

“小甜不吃。只是喝汤喝水……”

“那还不得水肿？”

“倒还不错，都尿出去了。上课的时候，老是举手说上厕所。说撒尿老师就不让去了，你课间休息的时间干什么去了？就得说是拉屎。她还为此得了一个外号叫做屎包子。前几天领着她上公园，公共汽车上就说要上厕所，她爸爸说这得忍着。马上就到了，就到了。小甜刚开始还听说，后来小脸憋得通红，绞着腿说，我就要尿裤子了。没法子，只有马上下车，后来重新上车，另买一回票。尿完了，就又要喝。见了卖茶水的就走不动步了。就是那种一毛钱一杯的摊。她说渴，我给她一块钱，说喝完了，再买根冰棍吃。她又蹦又跳地走了，一会儿就回来了。我说冰棍这么快就吃完了，留神拉肚子。她说根本就没买冰棍，全喝了水了。我就去找卖水的老头儿，说你们可不能欺负小孩。那老头儿正往杯子里续水，说不定是谁欺负谁呢！从来就没有看见过这么能喝的孩子，把我这一溜杯子里的凉白开都喝完了，我没有找你们多要钱，就不错了……”

那个后来的男人在暗影里走动起来。

“哎！我说你们到底是还要几块酱豆腐啊？”小姑娘叫起来。她怕那个男顾客走了。

“还要……”

没等乔先竹说完，那个苍老的男人打断了她的话，“你说的可都是真的？”他目光如炬地问。

乔先竹吓了一跳，她一直背对着门，不知道这个人是什么时间进来的。

“实话。肯定是实话！他们两口子那可是老实人！”司徒大妈忙不迭地为乔先竹一家作证。

“这种情况有多长时间了？”男人问。

“哪种情况？”乔先竹莫名其妙。在弥漫着酱气的紫色的暗淡中，那男人的牙齿白得像一道闪电。

“就是你的女儿，好像是叫小天……”

“不是小天，是小甜。”乔先竹不能容忍把女儿的名字念错。

“这并不重要，就算是叫小甜吧。”男人不耐烦地挥挥手。

“这有什么呢？小孩子正长个，能吃能喝，将来保准是个傻大个。女孩子太高了也不好，不易找对象。男孩总得比女孩高吧？”乔先竹不喜欢这个严峻的男人，可她非得跟他说这些话，她觉得有一种危险正从那个男人的花白头发上飞翔过来。

“我问你的是时间。”那个男人严厉地重复。

“好像有两个月的工夫了吧？不对，有小半年了吧？”乔先竹求援地看了看司徒大妈，明知老太太什么也不明白。

她突然生起自己的气来了。他是什么人？凭什么拦住自己，在这里没完没了地盘问人？疙瘩汤快做不成了！为什么要跟他啰嗦！乔先竹转身要走。

“我是医生，您的孩子得了病，很重。你可以到这儿来找我。”苍老的男人告诉乔先竹一家医院的地址，这在附近要算条件最好的了。

“尽快带她来，我姓袁。”男人说。

那块鸽血红的酱豆腐砸在地上。

“他瞎说！没事找事！吃饱了撑的！”老姜说。

乔先竹是在家属区以外的路上拦住丈夫的。小甜已经回家了，饿得不行，妈妈就让她先吃了。乔先竹隐忍了一个下午，迫不及待地把一切告诉老姜。不能在家里说，小甜什么都懂了。

“谁？”乔先竹一时没回过味来。

“就是那个姓袁的大夫。我最看不惯那些穿白大褂的，恨不得把所有的人都打成病号，这样就显出他们的能耐来了。他说你有病，你就真的开始喘了？没那个！甭信邪！”老姜刚下班，汗里都是机油味，肚子饿得像一个空牛皮纸口袋，吃不上饭，先被塞进一个坏消息，他本能地把它吐出来。

乔先竹安心了。开始恨那个搅得她一下午都不得安宁的袁老头儿。

夫妻俩高高兴兴携手回家。

这是工厂的宿舍区。解放以前是旧厂房，屋顶是斜坡的“人”字形。现如今住了人，怕一家一户的太宽敞了，就在“人”字的正中打了一堵墙，成了“个”字，能填进加倍的人。

姜家就住在最深处的半个“个”字里。

两人突然停了步，就像被人用铜锤灌了顶。

在幽深的“个”字前头，有一个公用的水龙头。一个孩子正仰头含着水管吞咽。口角溢出的水，灌满了耳朵眼，又无声无息地涌进脖领子，小褂子的前后襟都洇透了。

“为啥喝生水！”老姜大喝一声。

那像青葱一样细溜溜的孩子吓得一闭嘴，水流溅得满脸开花，几绺软稀的额发像京戏青衣的头饰，苦难地贴在眼角。

“我渴。”女孩说。她就是小甜。

“我给你晾了白开水呀。”乔先竹心疼地说。

“喝了。不够。”

“那咱家也有水管子，干吗非跑这么远，来喝这一口凉水呢！”乔先竹把孩子揽在怀里。

“我喝得多，给家里省点水费。”小甜伸出猫似的舌头，把嘴边汗毛上的水珠舔进嗓子眼。

老姜阴沉地看着她们，什么也没有说。

“妈妈，我饿！”小甜说。

“为什么不给她做饭？”老姜恶狠狠看着净光的双耳铁锅，咆哮道。

“妈做了，是我吃完了，把锅又涮净了。”小甜忙着为妈妈择清。

乔先竹知道袁大夫说的是真的了。

老姜走过去，粗暴地扯过女儿，一寸寸地在她的身上摁，好像女孩是一个瘪了的乒乓球。

“疼吗？疼吗？”他不停地问。

“不疼。”小甜说。她已经感觉到脑仁里有一团东西像蚯蚓似的在动，十分难受，可是她不说。爸爸妈妈这会儿的脸色都不好，别给他们添乱了。

“都不疼，你没完没了地吃呀喝呀的，成心给老子添堵啊？”没想到爸爸更恼怒了。

也许她应该告诉他们说自己好累好累，那样爸爸就不会这样生气了。小甜想。

“以后不许你再说渴再说饿！听见了没有？”

“听见了！”小甜转身就跑。

“干什么去？”老姜愈发怒火冲天。

“上便所去，尿。”小甜急得直跺脚。

老姜死死地拽住女孩，颤颤抖抖地说：“好孩子，你告诉爸爸妈妈，说你没病，说你没病啊！”

他拼命地摇着女孩，好像她是一瓶混合不匀的饮料。

“我没病啊！”小甜非常肯定地说。乔先竹掰开丈夫的手，说：“甭管出了什么事，先让孩子撒尿去吧。”

夫妻两个面面相觑。他们注视着女儿，觉得那是一个陌生人。一种奇怪的病嵌入了他们的孩子，从此他们要和一个不认识的东西相处了。

乔先竹机械地端起盆。

“干什么？”

“做饭。”

“也不看看都什么时候了，还做饭！”男人吼道。

“什么时候也得做饭哪！就是咱们俩不吃，孩子也还要吃。”乔先竹木木地说。

“不吃！不吃！还没有查出是什么病，这会儿把好东西吃进去，补不了身子，光补了病。饿着她！”老姜说。

“你那叫个什么理？兴许这个病不要紧呢？病倒没什么，不要先给人饿死了。”乔先竹强打起精神。她本想从丈夫那里得到点力量，没想到男人比她还先没了主张。

“吃点什么？”老姜突然觉得肚子极其地饿，想大吃一顿山珍海味。有钱人为什么啥事都不怕呢？就是因为他们总是吃得好。勇气是蕴藏在食物里面的。

“吃疙瘩汤吧。孩子没吃够。”

乔先竹舀了面接水，毫无知觉地抖着面盆。要不买酱豆腐就好了……要不碰见那个姓袁的大夫就好了……这个孩子究竟是得了什么病呢……

她端着一盆糨糊，在想。

CT，人们都会念叨这个词。没有人知道它的全称，知道它的确切含义。人们只知道它是一项很昂贵很严重的检查。病情需要做CT，大家就知道这是病得不轻了。假如做了CT还查不出是个什么病，那这病就更凶险了。

乔先竹记得袁大夫，可她专门不去找袁大夫。她想找一个别的大夫，好证明她的孩子没有病。

可是袁大夫还是看到了他们。

医院有高贵的花岗岩台阶，好像通往天堂的道路。袁大夫从医院的大门走出来，看到从台阶走过的人们都在绕一个弧形，中央仿佛是一座蛇岛。

一个男人和一个女人面对面地坐在冰冷的石阶上，手拉手，在忧郁的上午乘凉。袁大夫认出了那个买酱豆腐的女人。

“孩子呢？”他温和地问。

“上学去了。她的头疼得很厉害，我们说不要去了，她还是要去，她说她没有病，就是缺觉。我们来给她拿检查报告。”乔先竹说。她的眼泪像快要死灭了的蜡烛一样淌下来，粘结在脸上。

老姜把单子交给袁大夫。

“你们怎么坐在这儿呢？又凉又挡道。”袁大夫想把他们搬到一边，两个人像麻袋一样死沉。

“我们拿了报告单，就一边走一边看。走到这里，正好看完，我们就一屁股坐在这儿了，再也走不动了。医生，你既然能没见人就知道我家小甜有病，你一定能治得了她的病，你救救她，救救她吧！”乔先竹揪着袁大夫的衣服，不知内情的人，以为这女人要和医生打架。

袁大夫仔细地看了一眼报告单。第一个感觉是运筹帷幄的欣喜。果然不出他最初的判断，这女孩患有极险恶的脑肿瘤。

一个老人领着一个男孩小心地从他们身边走过，好像小船绕过江心的黑色礁石。乔先竹突然歇斯底里地狂叫起来：“我恨你们！你们的孩子为什么一个个都好好的，我的孩子为什么要得这样的病？为什么！这不公平啊！老天！”

“起来！起来！”袁大夫厉声呵斥他们，“你们不能总在这里傻坐着！你们怎么说还是个大人，记住还有孩子呢！病在她身上，她才是最苦的呢！”

两个人乖乖地像木乃伊似的站起来，脸上仿佛大梦初醒的样子。

是啊，还有孩子。

“我们该怎么办呢？袁大夫？”

“把孩子送到医院来，陪着她，然后看看我们的运气吧。”

袁大夫走了，白大褂下摆像纸鹤似的飞舞着。

妈妈没有腿，只有半截身子像被掰断了的萝卜，齐刷刷地浮在半空……妈妈还是有腿的，把自己的脑袋拼命往后仰，妈妈就像蒲公英似的飘起来，她的头消失了，下半截身子树桩一样立在地上……

这一切当然令人恐怖，但是也挺好玩的。这是哪个小朋友都没有见过的景象！等我病好了，一定好好地给大家说说这件怪事。就怕他们不相信……

小姑娘静静地躺在惨白的床上。因为脑瘤的压迫，她的眼珠开始像夕阳似的下沉。世界便像鸡蛋被切成了两半。只要她的头痛不发作，景象非常奇异。

乔先竹和丈夫胆战心惊地陪伴着女儿，他们已经从最初的震惊中凝固下来。悲痛沉淀在他们的骨髓里，不知道还有多少酷烈的苦难在等待着他们。

“爸爸妈妈，我就要死了。”小甜很清晰地说。她的声音依然纤细，好像金刚石刀锋在玻璃上画出笔直的纹路。

“小孩子，别瞎说！什么生呀死的！你知道什么？不过是有点小灾小病，用不了几天就会好的！”老姜狠狠地说。他要是不这么凶狠，就抑制不住嗓音的颤抖。他刚开始不敢对女儿发脾气，他想孩子以后万一有个三长两短，他得后悔一辈子。

“你要是真心疼孩子，就骗她吧。糊糊涂涂地死，比明明白白地死，胆子要大点。没准这病还能医好呢。”乔先竹说。

“这病是治不好的。一点希望都没有。不要有幻想，幻想只会使最后时刻真的到来时，你们更加痛苦。”袁大夫谆谆告诫他们。

“照你说的，我们就剩下等死一条路了？那还要你们干什么？要医院干什么？”乔先竹血红着眼，瞪着袁大夫。

袁大夫悲悯地看着他们。无论病人和他们的家属怎样恶语相向，他都不会计较。医学其实是一门十分苍白的学问，它绝不像人们想象的那样强健有力。世上有许多病，医学可以非常精确地描绘它们，犹如毫发毕现的肖像。但是医生们望洋兴叹束手无策，这些病就叫做不治之症。

“我们给孩子输血！输脑浆！输骨髓！为了孩子，我什么都愿意掏出来。就从我身上抽！”老姜露出两只旋起青筋的胳膊。

袁大夫轻轻地把他挡了回去。“这又不是二十四孝，可以割股疗亲。人肉有什么？和猪肉的营养成分是一样的，还没有猪肉好吃。我们会尽力而为的。延长生命，减轻痛苦。”

乔先竹恨这个冷若冰霜的老大夫。可是又不敢得罪他。毕竟他是这所医院的外科权威。

“那我们走！转院！上北京！把家卖了也要给孩子治病！”老姜没有妻子那份心机，暴躁地跳起来。

“我不许你们走！”袁大夫冷峻地说，“孩子脑子里的那个瘤子，只有薄薄的一层膜，像凉粉一样软。任何一点颠簸，都会把里面裹的东西洒出来，事情就变得不可收拾了！脑袋是什么？脑瓜脑瓜，脑袋就是一个瓜！这个瓜能装多少东西是有一定的。瘤子就是一个烂菜花。它有根，会不断地长大。脑瓜里就那么一大点地方，瘤子一大，别的器官就被压成了一摞纸片。等到瘤子长到了和脑子一般大……不和你们说了，说了你们也听不懂。总之，你们如果一定要走，孩子就会立时死在你们的怀里。”

袁大夫毫无抑扬顿挫地说完这一席话，匆匆走了。他有许多病人要看。有的医生是凭态度殷勤出名，袁大夫只凭医术。

走出很远，袁大夫又回来嘱咐道：“这孩子快抽风了。”

啊！！！

乔先竹和老姜先浑身痉挛了起来。还有多少罪在等待着这个孩子啊！

袁大夫深入浅出地向他们介绍了将要发生的癫痫大发作。深入浅出真是一件极残忍的事情。他把一个深奥的你不理解的可怕现实，描绘得那么简单明了。像一碗邪恶的清水，把你所有的希望都溶化掉了。

老姜和乔先竹真想把医生掐死。可实际上他们却围着医生忙不迭地问："有什么办法吗？"

"赶快叫护士用镇静剂。把她的手脚按住，以防骨折。为了保险起见，把她的手脚捆在病床上最好。"

袁大夫说得非常平静，好像在传授一道美味佳肴的烹制方法。老姜双手扶着袁大夫，像滔天洪水中抱住了一棵老树。他作出垂危病人的家属在这种情形下能挤出的最好的笑容，说："我们信得过您，把孩子的脑子就托付给您了。您把它给打开，把那个瘤子给割出去。哪怕孩子就此傻了、瘫了，我们也一辈子念您的好。"

袁大夫不屑地摆头："你以为你孩子的脑瓜真是一口箱子，想打开就打开想关上就关上了吗？脑子里的每一块都是非常重要的，除非是哑区……"

"哑区不就成了哑巴了吗？"老姜积极地插嘴。其实他是不该打岔的，但他想显出对大夫的讲解都心领神会，希望执掌孩子命运的医生能对自己说得再详细一点。

没想到袁大夫火了："谁说哑区不好？要是瘤子长在哑区，切掉就是了，危险要小得多！为什么叫它哑区，就是有它没它一个样。你家孩子的瘤子长得不是地方。如果把瘤子切除，就像从湿地里把一个萝卜拔出来，要拖出一大砣泥。那都是人的生命中枢。肿瘤被切除了，人的生命也就在那一瞬同时停止了。"

迄今为止，袁大夫说的都是丧气话。但这并不妨碍他千方百计地寻找救治孩子的方法。他从不在病人那里停留太长的时间，一切都了如指掌。对于病的惨状，他比任何一个深受其苦的病人都更清楚。有出息的医生不是唉声叹气地在病人面前表示廉价的同情，而是苦苦探索，拿出拯救生命于水火的方子来。

小姑娘的头一天天地肿胀，渐渐像个榨菜似的见棱见角。夫妇俩日夜守候着女儿，像守候着一枚鱼雷，不知医生预言的可怕的抽搐何时到来。

袁大夫走进病房，手里拿着一瓶蓝墨水样的液体。

姜小甜睡着了。她的黑发遮住了头颅狰狞的凹凸，脸庞艰难地保持着娟秀。

“请你们到外面来一下。”袁大夫说。

“有什么您就在这里说吧。”两个人都不愿意离开孩子一步。最后相聚的时间像破盆里的水，越漏越少。“她睡了。”

“这是一种毒药。很毒的一种药。我不敢说它有多大的把握，但是如果我们不试一试的话，我们就一点希望也没有。”

“能有多毒呢？”夫妻俩问。

“我已经在自己身上试了一下。血管非常痛。我想国民党反动派的辣椒水加老虎凳，大概和这差不多。”

“那受了这罪之后，她能好吗？”两个人异口同声。

“好不了，只是暂缓死亡。”袁大夫永远不给人以不着边际的希望。

“让我们想想！让我们想想……”两个人抱着头，好像他们顷刻之间也得了脑瘤。

“你们好好想想吧。”他胳膊打过药的部位像烧红的铅丝在那里拧。他当然很想试一试这种新药的威力，积累经验。医生的技术是在无数尸骨与血泊中堆积起来的。但他不能欺骗，给人以渺茫的希望，是最大的欺骗。

一家一户的痛苦并不影响世界的幸福。夏天不可遏制地到来，合欢花像粉红色的粉扑，拂弄着寂寞苍凉的病房窗台。

女孩的头成了多边形，早已愈合的骨缝像龟裂的土地，在菲薄的皮肤下绷开黑洞，一个内在的妖魔向四面八方膨胀。眼睛被扯进头发，眼珠像壁灯似的迸出。嘴角搭上了耳轮，鼻孔一个朝天，一个朝地……那个美丽乖顺的小女孩已不复存在，代替她的是一个被病魔统治的怪物。

抽搐终于开始了。发作的时候很突然，好像女孩接受了一道从天而降的旨令，毫无先兆地骤然痉挛。软绵绵的女孩皱缩得像极坚硬的擀面棍，每一块筋肉都像铁一样放光。小小的身体像一柄射雕的弯弓，反弹在惨白如雪的病床上，无数的汗水从这怪诞的人体虹桥上滴滴答答溅落，犹如春暖花开时积雪的屋檐。

看着自己的亲生骨血受此蹂躏，老姜猛烈地往墙上撞自己的头，整个楼层被他撼动，暖气管子发出强烈的共振。他完全不觉得疼，或者说身上的疼转移了心上的疼，倒略略舒适些。

看着丈夫青一块紫一块的脸，乔先竹反倒冷静了。谁是一家之主？平和的日子里，男人们发号施令。当厄运像洪水般袭来的时候，女人们就挺身而出了。笨重的东西都被淹没了，只有那些平日里轻飘飘的物体，顽强地在浑水之上浮动。

护士们开始紧张地救治。

“我要去找他！”

“找谁？”乔先竹抱着丈夫。

“找那个像巫师神汉一样的大夫。他什么都知道，病要变成什么样，他早就心里明镜似的。可他就是不给治呀！愣是他把我们孩子给拖成这样的啊！我要找他去！跟他算账！和他拼命！孩子不活了，我也不活了，他也甭想活！”

乔先竹抱着丈夫声嘶力竭地对护士喊：“你们给他也打一支镇静药吧！让他也睡过去吧！求求你们了！”

孩子睡了，丈夫也睡了。刚才狂躁一团的病房，现在宁馨静谧。

要是永远这样沉寂，该多好啊！乔先竹真想此刻火山爆发，他们一家人就永生永世不会分离了。

丈夫已经垮了。乔先竹觉得平日倚在背后的那棵大树，被雷劈得四分五裂。她真想昏过去啊！在小说里电影里，女人是那么容易昏过去。身子一软眼一闭，就可以缩成一团倒在地上。等她醒来，事情多半就会好起来。

她真想无知无觉地躺在地上。就在这医院冰冷而又带着消毒气味的水泥地上，永不醒来。她再也不用在孩子面前强装笑脸，再也不用提心吊胆地等着一天比一天恶化的报告单了……

她喃喃地说："孩子，你去了，妈也跟你一起去。在那个新的地方，妈还给你做妈，你还给妈做孩子。妈还天天给你做疙瘩汤喝，多放香油……"

她的思绪像锈链子，缓慢迟钝地向前扭动着。可是她清醒地知道自己没有一丝昏过去的迹象。她的眼珠干涩如沙，嘴里也没有一星水气。

她没有昏过去的权利。

许多厂里的人来看孩子。

"下班后有事吗？"

"没有。"

"那咱们到医院去吧。"

"好好的到医院去干什么？"

"去看老姜师傅的闺女呀。"

"还真得去看看。听说是快死了。要是去晚了，就是想看也看不到了。"

"真可惜，我以前没看过那孩子。"

"听说脑袋肿得像脸盆。手脚都绑着……"

"赶紧去！干吗还等着下班？上班去，领导还敢不批？"

人们蜂拥着去看那濒死的孩子。看完之后，心里生出自豪感幸福感和优越感。一无所有的人知道自己拥有健康，就是极大的富裕。为人父母的回到家里，骤雨似的亲吻自家的孩子。

司徒大妈不敢去看。她把假牙咬得嵌进了牙帮骨，才到了病房。

“司徒奶奶，您来了。这些天来了好多人，来看我。可是，您老也不来。我都想您了。”

司徒大妈做好了最充分的思想准备，床上就是躺了一个鬼，老太太也不害怕。可是老人家还是毛骨悚然了。她听到一个面目丑恶的小人发出那么动听的声音。

姜小甜的脑袋变成了一个不规则的多边多角体，司徒大妈老眼昏花看不太清就是了。

那简直就不能算是一个人。什么都变了，只有嗓音依旧。

“奶奶忙。从今以后，奶奶常来看你。”老人泪水涟涟。

“那我要是在病房活到一百岁，奶奶就得来几万次了。”

“来！奶奶来！几万次也来！”

“奶奶，我是逗您呢。您也不想想到那会儿，您多大岁数了！主要是我活不了多久了。”小姑娘的眼珠已经像踩进泥里的杏核，很难错动。

“小小的孩儿，怎么能说这话！”

“奶奶，我要是不在了，我爸我妈老了，谁来服侍他们啊？我以前喝了我妈那么多的疙瘩汤，我总想等我妈老了，我也给她做疙瘩汤喝，可惜我做不成了……”

“做的成！做好了，别忘了给你司徒奶奶一碗。”老人赶紧颠颠地走了，她再也受不了了。

小甜躺在床上，你分不清她什么时间睡着什么时间醒着。疾病使人极大地聪明起来。她的脑瘤一定使某些神经绷断了，断头又搭上了线。就像烧断了的灯丝又对接上，分外刺眼。

乔先竹的心被一只铁爪攥出血来。心里叫着：瘤子瘤子，你快长到这孩子脑子里管说话的地方去吧！让她傻了吧！

死亡是一位透明的老师。活得好好的人是看不到它的。只有那些衰竭到极度的人才被它收作学生。它诲人不倦地教导学生，濒死的人往往说出智慧无比的话。

“我死了以后，不要烧我，也不要埋我。烧我的时候头发会着火，太疼了！埋在土里那么黑、那么憋。蚯蚓会爬过我的脸，雨水会灌满我的耳朵……”小甜眼睛里的世界已经像砸碎的万花筒，是一堆彩色的碎片。这在好人想来自然是非常可怕，其实它是逐渐形成的，姜小甜习惯了，忘了完整的世界是什么样子的了。

“那你说，我们可该把你怎么办呢？”母亲钻进了孩子的圈套。现在不是讨论死不死的问题，而是在研究死后的处置方案了。

“我也不知道。我以前也没碰见过这种事，别的小朋友也没有说过。我累了，我要睡觉。我以后要穿一双红皮鞋，要草莓那种颜色……”女孩立刻睡着了，你说昏过去了也行。

老姜已经是个废人。他不吃也不喝，只是愣愣地盯着女儿看，好像要在黑眼珠上雕刻出孩子的影像。他觉得这个脑袋奇大四肢枯干的小人，哪里还是他的孩子！一个魔鬼在暗中偷天换日，就像跳大头娃娃舞，这是一个假面具。

他要砸了那个可怕的怪脸，把他可爱的孩子从后面抠出来。

女人强迫自己吃饭，使劲吃。一家人总要有人主事。她吃的时候完全不知道饥饱，就迅速地肥胖，显出灰白的囊肿。

日子像蜕下的蛇皮，一动不动地挂在墙上。

那个时刻渐渐逼近。

袁大夫无动于衷，所有的同情心怜悯心在实习医生的时候就已用完，最初的病人死亡时他痛哭流涕。一次次的死亡把他的泪腺灼干了，只剩下坚如磐石的责任感。他承认，自己的恻隐之心绝不如那个抹着眼泪的司徒大妈，可是他会为拯救生命奋斗到最后一息。眼泪不是药。

袁大夫注视着一道道病魔运行的轨迹，想尽所有的办法。他嘲笑自己是明知不可为而为之的愚人。

人们都在盼望出现奇迹。但奇迹之所以被称为奇迹，就是因为在一般情况下绝不会发生。那个烂菜花蓬蓬勃勃地发育着，把小姑娘全身营养血脉的精华都攫取来，肥沃地滋润自身，快要成熟了。

癫痫发作得越来越频繁，小小身体成了病魔信马由缰的草场。抽搐的时候，像一只从高空坠下的猫。

“袁大夫，求求你。”乔先竹说。

“求我是没有用的。所有这些不是早就跟你们说过了吗？”袁大夫不耐烦。

“这回是求您把我的头割下来，给我的孩子缝上。”乔先竹很平静地说。

“那是不可能的。”在袁大夫多年的医学生涯里，还从没有人提出这种古怪请求。

乔先竹使劲揪住袁大夫，她的指甲长时间没剪，把袁大夫的白大褂袖子割开了。

“医学做不到那一步。即使做到了，那个人是你呢？还是你的孩子？人之所以存在，就因为头颅是不一样的，所以你就是你，而不是其他的什么人，将来有一天，医学发展到了那一天，也不会做这种事的。”袁大夫想把袖子抽出来。

“你休想走！”

“你要怎么样？你！”袁大夫难得地吃惊了。

“既然你治不活她，你就把她治死吧！大夫，这是我最后一次求你了。她这么活着太受罪了。我看着她受罪我又代替不了她，我又不能不看，要不你就把我的眼睛治瞎了吧。医生，你给她吃点药，你让她平平安安走了吧。可是你别告诉我！你就骗我一回吧！你让我在她前头死了吧！”

袁大夫推开披头散发的女人，对护士说："给她用强力的镇静剂。"

乔先竹醒后，精神平稳多了。

"我们不能老这么垂头丧气的。我们得笑。"她说。

丈夫首先响应号召，他想把嘴角咧上去。可是长时间的愁苦皱纹，像锚链把筋肉固定在悲惨的模具里。他就用手指把嘴角像被子似的推向上方。成就了一个很完美很标准的笑容。

女孩用她的半个眼球注视着这一幕，说："我也要笑吗？"

"要笑。"妈妈说。

女孩吃力地笑起来，那是一个极恐惧的表情。又一次抽搐降临了。

现在每天都给孩子输镇静药，她只做一件事，就是昏睡。在如此安谧的条件下，肿瘤发育得更加圆满。孩子的头皮紧张得如同笛膜，血管像琴弦一样跳动，养料源源不断地供应那个赘物的消耗。

由于家长的强烈恳求，那种像墨水一样蓝的药物被滴进孩子的身体。袁大夫想对他们说，事至如今，除了徒增痛苦，没什么用了。可他终于什么也没有说。如果不用这味药，他们会后悔一辈子的。现在已经不是考虑病人的问题，而是要为活人着想了。

奇怪，那小女孩似乎并不觉得痛。

乔先竹呆呆地看着那蓝色的液体。这是一个有着皎洁月光的晚上，只有小小的床头灯亮着。

孩子的命就存在于这靛草一样蓝的药水当中吗？

突然，女孩醒来。

有什么东西能对抗那么强大的镇静剂呢？

“妈妈，我想喝水。”

“别给她喝。她这个病就是从喝水上得的。越喝越重。”爸爸说。

“不喝就会好吗？”女人说。

“喝吧。”爸爸就给女儿喂水。

她一口气灌了那么多水。好像脚下有个漏斗，把水又渗回到地里了。

“好舒服呀！”女孩说，“你们为什么老不让我喝水呢？要是让我喝水，我早就好了。”

“从现在开始，你爱喝多少水就喝多少水。”女人说。

“那我就变成一个水鬼了。”女孩微笑着说。

“别神呀鬼呀的。渴了就喝不渴就不喝。”

“其实我早就知道了，你们不给我水喝，就是想让我早死。我死了，你们就高兴了。”女孩安安静静地说。

“孩子，谁教你说的这个话？”这是女人自从孩子病了以后，听到的最恐怖的话。

“这是我自己想出来的。”女孩很骄傲地说，“你们以前就说过，想要一个男孩。有我在，就没法生一个小弟弟。所以，我根本就没有病，好好地上着学，是你们非把我送到医院里来的。送来以后，你们又不给我治。这么好看的药。”小姑娘的手绑着，怕的是她突然抽风时掉到地上骨折。她无法动手，只能用半个眼珠瞟瞟湛蓝的输液瓶。

“不是啊！孩子！大夫说这个药特别疼，怕你受不了啊！”乔先竹像母狼似的嚎叫着。

“你们骗人，它一点都不疼。”小女孩坚决否认。她极度衰竭，连剧痛都感觉不到了。

“你们说什么我都不会相信了。你们总是骗我。你们连水都舍不得给我喝……现在我就要死了，这会儿你们就满意了吧？我知道你们会偷偷地笑……你们可以去生小弟弟了……可是我都不在了，他又是谁的小弟弟呢……”

男人和女人死死地对视着。这肯定不是他们的孩子，而是一个刻毒的妖怪。不知道在哪一个漆黑的夜里，它把他们美丽聪明的女儿换走了。

“孩子，这是谁教你说的胡话啊？爸爸妈妈是多么爱你啊！假如这罪能够换到我们身上，哪怕就是增加一千倍，爸爸妈妈也愿意替你受啊……”乔先竹凄厉地叫着。

“我再也不信你们了……别忘了我的红皮鞋……要草莓色的……”姜小甜说。她仿佛看见了那双鞋，脸上出现了一个莫名其妙的笑容，缓缓地从嘴角升到了眉梢，像烛焰熄灭前的最后一跳，空空洞洞地停在变了形的鼻尖上面，之后就永远地栖息在那里。

夫妇俩拼命地按铃。护士像潜伏的士兵冲了进来，开始抢救。

“结局就是这样了。我早已同你们说过。抢救过来之后，无非是让她多受几个小时或是一天半天的苦，最后还是……”袁大夫说。

“不！不！我要抢救！我要你把她救过来，我还有话要对她说啊，她不能就这样走啊，我得给孩子说清楚啊，她太委屈了啊，我的孩子！”即使在这种时候，女人依然十分清楚，丝毫没有晕过去的迹象。

袁大夫第一次违背自己的判断，指挥抢救。

女人目光炯炯地看着。

袁大夫错了。女孩永远地笑下去了。

女人突然扑上去，狠命地捶打女孩的头。“她活着的时候我不敢碰你，现在她死了，可你还活着！我要把你剜出来，剁个稀巴烂！是你害死了我女儿，你赔我女儿！”她猛烈敲击女孩的后脑，不知为什么，她认定那该死的瘤子长在脑壳靠近枕头的地方。

女人的精神在这一瞬完全崩溃，她把死人摔得嘭嘭作响。

轮到男人顶天立地了。他对医生说：“孩子是不行了。救大人吧。”

老姜操持去给孩子买最后的衣服。司徒大妈不让他买红皮鞋，说是这样小小年纪就夭折了的女孩，是不能穿红的。要不，对活着的人不吉利。他拿不准这件事怎么办。虽说回了家，女人还是疯疯癫癫，一天都嚷着："我不想要什么小弟弟，我就想要你，我的女儿啊……"

可是不问女人这事就定不下来。他终于对女人说了。

乔先竹坐在明晃晃的阳光下，凝然不动的眼睛仿佛透明。

"对活着的人不吉利？活着的人和她有关的还有谁？不就是咱们俩吗？"女人这一刻明白如水。"最大的不吉利不就是个死吗？她都死了，我活着还有什么意思？真有不吉利，那就是女儿要送我的东西，我都收着、搂着、抱着……她就要一双红皮鞋，你还不给她买！你还要来问我！难怪她恨我们。女儿，你恨得有理，你该恨……我们就是太可恨……"

草莓红的皮鞋给女儿穿上了。

烧骨灰的时候，推尸的老头儿盯着红皮鞋看。

老姜说："你没见过这么穿的是不是？我们不怕不吉利。"

老头儿默默地点了点头。他是想，这双鞋给他的外孙女穿挺合适。

乔先竹没去火葬场。老姜怕她一定要去，正不知如何劝才好，乔先竹自己却先说了："我不去。那不是烧我的孩子，那是烧那个瘤子。"

女儿被捅进焚尸炉。老姜就跑到院子里看烟囱冒的烟。他想这是这孩子在世界上最后的模样了。砌成四方形的烟道冒了一缕极轻袅的白烟，之后就是浓黑的乌龙。

“孩子，爸爸知道只有刚开始那一小截是你，后来就都是那个瘤子了。你到天上去了，你顺着风回家看看你妈吧，她想你啊！”

女人不吃饭，瘦得像两张纸贴在一起。在亮光里，从她的后背，能看到前面的肋骨。

吃饭的时候，她就说：“去叫小甜。”

小甜自然是不会来的，她就说：“你先吃我等她。”

闻到饭的气味，老姜觉得饿极了。从那遥远的疙瘩汤以来，他好像从未吃过饭。他把饭碗上的瓷都咬下来了。

男人在事情没有发生以前非常惊慌，把力量积攒起来。结局一旦出现，就冷静了。女人们在每一步骤中都有板有眼，她们把血洒在途中，最后就全线崩溃。

夜里，乔先竹把丈夫撼醒：“起来！起来！我们的女儿活了！”

老姜看到女人的眼睛绿莹莹的，好像表盘上的荧光。

“活了？怎么会？是我亲眼看见她烧成了灰！你醒醒！”

男人去摸女人，好像摸到一丛荆棘，到处扎手。

“你快去开门！她就穿着红皮鞋，在我们门前走呀走……”女人挣扎着要起来。

“我去！”男人开了门。门外是一地清辉。

“都怪你开晚了门。女儿又生我们的气了。她走了……

走了……”

女人凄凉的嚎声，在“个”字工棚区每一家的窗玻璃上，画出尖锐的痕迹。

“这女人干脆死了吧！”睡梦中的人们赌咒。天亮以后，人们略微慈善了一点。“想个办法救救你老婆吧，要不就难说了。”大家劝老姜。

男人对女人完全无能为力。能说的话都说过了。他原本就不是一个能说的人，死亡和焦虑更剪去了他的半截舌头。

女人真的活不了多长时间了。

老姜没办法，又去找袁大夫。他不想见医生，可是除了医生谁还能救女人的命？找别的医生？袁大夫是最好的了。而且他什么都不用说，袁大夫都明白。

“医生，到我家去一趟吧。救救我女人。”

“我不去。”袁大夫刚做完一台大手术，正在洗手。洗完后，他并不是像常人把手在毛巾上擦干，而是甩着两手，等着风把它们吹干。

“要不我把她送到您这里来。”老姜哀求着说。

“那也不必。看不看都一样。”

“医生，您不能见死不救。”

“我只说不去见她，并没有说不去救她。她的病我不用看，就知道是怎么回事。现在只有一个办法可以试一试。”

“医生您快说，我拼了自己的性命也要救她。她们都死了，我活着还有什么意思？就是要我的心煎了给她吃，我都掏出来。”

“别说的那么鲜血淋淋。那都是神话故事里的事，根本没用。医生有的时候很无能，比如对付你女儿的病。有的时候也很有招数，比如你老婆的病。你的女儿我没能留得住她，但你的老婆我可以治。”袁大夫的手被风吹干了，插进雪白的白大褂兜里。

“快说啊！大夫！”老姜恨不能把办法从医生的喉结下抠出来。

“这个办法主要就看你的了。”

“我？我没事。是她不行了。”

“妻病夫治，也是一条原则。”大夫平静地交代。

“我能行吗？我……可会什么呢？”老姜忐忑不安。他来求大夫，没想到医生又把这颗苦果子还给了他。

“你行。这事除了你还没有人能办得成。”

“这是个什么妙法呢？”

“让她怀孕。”

“再生一个孩子？”老姜的眼睛瞪得像两盏汽车大灯。

“是的。唯有这个方法才能挽救她的精神和生命。”袁大夫极肯定地说。

“可是您现在没看见过她。她瘦成了一把筋，摔一个跟头，能在地上打出火星来！哪儿还能生孩子？孩子会把她的肚皮硌漏的！您快点给她开些参吧。山参红参太子参西洋参都行。你那个主意会要了她的命！”男人又开始恨大夫，觉得他像个兽医。

“世人只知道用参。其实人参杀人无数，是个罪大恶极的凶手。我出的主意，你可以不用。只是她现在的情形万万不可用参，你一定要记住。”袁大夫结束了他的谈话，就像合上了一本厚厚的字典，把所有的解释都藏在了里面，不再打开。

男人回到家。乔先竹说：“我知道你到哪里去了。你去找医生了。”

女人的身躯已经像一块洗过无数次的布，又软又薄，轻轻一吹，就会破一个大洞。

“医生说什么来着？”

“医生说让你好好吃饭。人死了不能复活，活着的人还得活下去。只要人活着，什么都好说。”男人从来没把话说的这么流畅。

女人听了说：“这不是那个医生的话。那个医生从来就不会说这么好听的话，这是你说的话。也够难为你的了。”

老姜觉得女人变的像那时的女儿，一身的妖气。

女人的世界已缩成一个冰冷的古井筒，里面只住着她的女儿。她不明白男人为什么撒谎，“医生还说什么了？快告诉我。”

“医生就再什么也没说。”老姜喃喃地回答。他不会编谎，只有缄口不言。编不圆的谎就像破竹篮，鸡蛋都漏下去了。

“那就是说我快要死了。”女人幽然地吐了一口气，“那个医生要是不说话，事情就没救了。”

“不！不！他可没说你快死了。他也没不说话。他说你只要按他的法子办，什么事都会好的。”老姜忙不迭地辩解。

“你又在骗人。你是骗不了人的，干吗做这吃力不讨好的事呢？也许骗骗别人还行，你哪能骗过我呢？”女人宽容地说。

“这回可是真的！医生真说事情好办。”男人想，彼此之间骗的太久，都不知道什么是真的了。

“倔大夫又说什么了？”乔先竹难得有兴趣。

“这个……还真不好说……是……”男人结巴得厉害。

“这有什么不好说的？咱们不是两口子吗？”

“对对！就是两口子的事！”男人如获至宝。他真没法说那个主意。

“你说呀。”

男人发起火来：“别提他！他的主意混账极了！是把人往死路上整！”

“我不怕死。快把他的主意讲我听听。”男人的火气触发了女人的心气，她穷追不舍地问。

“他说……让你再生一个孩子……”老姜等着女人撕肝裂肺地惊叫。

“他真这么说了？”女人没叫，但满脸惊愕。

“真的！这可不是我的意思。是该死的袁大夫的原话。”

“他怎么跟我想的那么一样！我早就琢磨过了，就是这么一回事。我们俩就像两棵树，我们结了一个果子，它被风打掉了。我们再哭，它也不会回到树上去了。可是我们还能结好多好多的果子啊！我早就想和你说了，可我怕你笑话我。都这样了，还想着这事。我不是个下贱的女人，可我想要个孩子。我是个女人，我不能没有孩子。你要可怜我，你就按医生的话救我。有了孩子就有了我……”女人一下子说了这么多的话，要是平日，早就上气不接下气的了，今天却神采奕奕。

“不！我不能干那事。你就是真的信他那个邪招，也得养好了再说。你现在这样，孩子会要了你的命！”男人坚持不干。除了心疼女人，他对自己毫无信心。自打女儿住进了病房，他就知道自己不行了。

女人不再说话。她没有力气说话了。她无声无息地贴在床上，像一枚叶脉分明的书签。

在以后的日子里，他们都不提那个话题。他们像两艘破烂的小船，谨慎地避开犬牙交错的礁岩。

那礁岩是有生命的。在黑暗与沉默中越来越大，横梗在他们之间。

女人执拗地什么话也不说，安静地等待死亡。

男人凄惨地说：“你这不是害我吗？孩子刚走，你又要走。留我一个人干什么？谁走在前面谁享福，有人照顾有人捧骨灰盒。你比我能干，你服侍了我一辈子，这会儿就再让我一回吧。让我先走一步，让我死在你前头。虽说我比你大几岁，权当你是我姐姐，我到阴曹地府里也谢你。”

女人说：“我不是你姐姐，我是你老婆。”

半夜里，女人突然起身，说：“做锅疙瘩汤。”

“没菜了。”他们什么也不操持，家里像是被日本鬼子“三光”过。

做疙瘩汤需要根块状的菜肴做辅料。比如土豆倭瓜西葫芦，要禁得住熬煮。做得了软硬和面疙瘩差不多。假如放了菠菜，就烂成水草了。假如煮的是扁豆，硬得像地雷，垫得牙疼。

“不用那么讲究。就吃甜疙瘩汤。”女人说着爬起来，手脚麻利地生火做饭，全然不见了病恹恹的模样。

男人在医院里见得多了，他恐怖地想到回光返照。

他要抢女人手里的面盆，女人像铁钳似的抓住盆。他只得由她。

火光映着女人的脸，像刷了一层金漆。女人就显得很神圣。

两个人把疙瘩汤喝得呼噜噜山响。喝的时候，他们都想起女儿，可是他们都不说了。喝着喝着，他们突然不喝了，觉得疙瘩汤里有一股血腥气。

喝完了，出了一身透汗。女人说：“这件事，你听我的。”

男人说："什么事？"

女人把男人拉到身边："睡觉。"

炉子上坐着水，火光从炉底泻出来，与高窗洒下的月光辉映一处，金银镶嵌。

男人拼命摇头，好像他刚从水里钻出来。"你说什么？"

"睡觉。"女人坚定不移地重复。

对于那件事，她不会用更文雅的话来说。她只会这一种说法。虽然粗鄙，但她的神情极严肃。

"不不！我不行……是我不能……"男人连连退缩，直到凸起的腰肢抵到絮着蛛网的墙角。

"你能！你怎么不能！你是个男人，你就应该能！你想想我们的孩子你就应该能！"女人斩钉截铁地说。

不提女儿还好，说了，男人更瘫软不堪。

男人说："改日行吗？我明天就去买猪腰子。"

女人的牙齿闪闪发亮。人哪都能瘦，就是牙不会瘦。"不行！就今天！我等不到明天了。明天我就会死了！"

女人被一种奇异的火焰烧灼着，光着身子在屋里追逐着男人。男人哀求她说："我答应睡觉。我答应睡觉还不成吗？只是你的肚子里还有一个环。就是我咬着牙行了那种事，你也是坐不了胎的。"

女人安静下来，说："我倒忘了那个铁圈。我们先把地耙平了，再撒种。"

第二天他们去了医院妇产科。主意虽说是袁大夫出的，可医院也是铁路警察各管一段。在医院住过那么长时间，知道了医院内部的分工也是很细的，就像各种颜料绝不混淆。要是愣掺和在一块，就是黑的了。

“你才多大岁数啊？还没绝经呢，你摘的什么环？可不是儿戏，摘了立马就能怀上。这样的事我们见的多了，昨天我才给一个已经当了奶奶的人做了流产。你有五十了吗？我劝你别着急。再坚持两年，等身上彻底干净了，再摘不急。”妇产科医生很健忘，她刚在病历上写下乔先竹的年龄，还不到四十岁。

“我就是想怀个孩子。”女人说。

“你？”胖胖的女医生像根膨化雪糕，吃惊地张着肥而圆的嘴：“你这么瘦，估计已经没有了受孕的可能。我们刚才说的只是万一。在德国集中营的女犯人，就是因为瘦，全怀不上孩子。说了这么多，我还忘了问你，你的孩子呢？”也许见多识广，谈到这么敏感的话题，女医生依旧春风满面。

“她死了。”要是以往，乔先竹立刻痛哭流涕，今天她却很宁静。“这是她的死亡证明书。”她掏出叠得齐齐整整的一张纸。他们从未打开过它。

“我们还需要再核实一下。”女医生谨慎地说。

正巧袁大夫走进来。妇产科和外科在广义上属于一家。

“她的情况我知道。你就给她操作吧。”袁大夫说。他没有丝毫惊奇的神色，一切都在意料之中。

乔先竹向袁大夫羞涩地笑笑。这一笑表示什么意思呢？她也说不清楚。希望在远处鬼火似的跳跃着。

女人躺上手术台。女医生把闪闪发光的钳子楔进她的身体。仿佛一堆钢镚撞击的声音在她的洞穴里作响……一旁有个银亮的不锈钢器械桶，正好反射出医生们的动作。当然很不精确，好像被水洇过的画。由于圆弧凸起，又像哈哈镜似的变形。医生的脸像一粒长长的豆荚，套着乳胶手套的双手格外地宽阔，好像白色的章鱼。

这本是一个小手术。医生们把那个像戒指般的细钢丝环从女人体内掏出，犹如在茶杯里舀一粒黄豆。雪糕样的女医生已经用钢钳触到了它，敲响了它坚硬的表面。剩下的工作就是把它拽出来。萝卜缨已经揪住，拔出它还是问题吗？

没想到女医生遇到了顽强的抵抗。那个铁环长出了无数的根须，植入它栖居的子宫。

女医生试着加力。她把撬钉子的力量输入到悬空操作的手臂上。但那个铁环纹丝不动，好像已经在女人体内停留了一百年。

胖医生的白帽子被汗水胶在头上，勇气像雪糕一样融化了。她没有遇到过这种情况。这个女人以前绝不是这么瘦。她迅速萎缩的结果是把这个钢铁指环嵌进血肉。

“去叫袁大夫，”女医生小声吩咐护士。

老姜等在外面，焦虑不安。女人进去好长时间了，毫无音讯。他从护士急匆匆的脚步里觉得异样。他忍着没问，问了人家也不会告诉他。

他看到袁大夫走过来。他希望袁大夫能给他一个微笑，他就会安心好多。但是袁大夫看也不看他就走过去，好像他是一只痰盂。

女医生刚想交代病情，袁大夫说："我明白。"

女人被悲哀蒸发了。残存的躯体坚硬如铁，包裹着避孕环，如同一口保险箱。

乔先竹从不锈钢筒的反光中，约略知道出了点麻烦。这意外到底是什么她不清楚。女医生的摆弄还没有给她造成太大的痛苦，只是觉得内里坠胀。

看到袁大夫，乔先竹有些不好意思。虽说打过许多次交道了，但她此刻姿势不雅。只是男医生的态度非常严谨，容不得你有丝毫忸怩。

袁大夫轻柔地操作了一下，说："是我劝你要个孩子的。现在我要劝你不要孩子了。"

"为什么？"女人觉得自己的脊髓被抽走了。插进她身体的形形色色的器械，随之剧烈抖动。

"因为那个环卡在里面了，很不好取。"袁大夫简略地说。他不屑给病人作更多的解释。病人知道的太多，只会给医生添乱。

"要是一直取不出来，它不会随着我的血流到骨头里吧？"女人有些惊慌。她不怕死，但是她讨厌这种死法。

"假如一直取不出来，它就老老实实地待在里面，同你相安无事，你什么感觉也不会有。比如有人打仗时子弹留在皮肉里，以后就变成了一个钢铁馅的饺子，同人和平共处。烧骨灰的时候取出来就行了。这个环比子弹可要温和的多，你尽可以放心。别动它是最好的方法。"袁大夫破例说得比较详细。

"可是孩子呢？孩子能和这个环一块长大吗？"女人问。她身上的铁器一阵乱晃。

"没有孩子。孩子是和这个铁环势不两立的，所以它叫避孕环。"袁大夫觉得这个女人真是愚不可教。

"那我要孩子，不要环。"女人把自己的姿势调整得更舒适一些，"你要是不给我取出这个环，我就不起来。"

"就是说你坚决要去掉这个环了？"女医生兴奋起来。这是一个练手的好机会。但是要分清责任，类似文责自负。

女人很清晰地说："医生，您甭害怕。这事是我自己要求的，同别人没有关系。虽说主意最初是大夫出的，可我听了，就是我的主张了。现在大夫改变主意了，我可没变主意。你们想法把那个环给我取出来就是了。当医生的既然有办法把它送进去，就该能拿出来。受疼流血我都不怕，实在不行了还可以开刀，我一定要再生一个孩子。这是我自己的事，你们别跟我男人商量。生孩子是两个人的事，这环可在我身上，不是在他身上，跟他没关系，我现在也没打麻药，脑子清清楚楚，我说的话我负责。剩下的事你们就看着办吧。”女人说完，合上眼睛，好像再也不打算起来。

女医生用目光问袁大夫。袁大夫说：“既然这样，你就干吧。”

女医生说：“你别走。”

袁大夫说：“好。我看着。”

女医生把锐利的剪子探进去，找到那个环。那个环埋在肉里，只有一小段露在外面。就像缝在一床厚棉被里的线头，一不留神就缩跑了。

一切都在人体中的黑暗当中进行。精妙的感觉通过长长的金属手柄和隔膜的乳胶手套传达到手术者的神经。女医生吃力地辨析着微茫的差异，确认锋利的剪刀刃口下是一根钢丝，而不是一条血管或是一束筋肉，她就当的一声撂合了剪子。

接着她又细心地把铁环破成许多截，就像不嫌麻烦的家庭妇女在拆一条旧裤子。然后她用长长的镊子把铁蜈蚣一样的钢丝残片，一段段夹出。

每一段环都血肉模糊。护士把它们在水池里洗干净，贴在洁净的白纱布上。

钢弦的每一丝抽动，都给女人以狞厉的痛感。她觉得医生不是把钢丝取出来，而是把它们在她的肚子里烧红了。随着钳子的翻动，她感到自己的子宫变成破烂的蜂巢。

护士终于在白纱布上写完了那个鲜血淋淋的“0”。

袁大夫用钳子拨拉着钢丝，说：“唔。很完整。”

成功了。

女人的头发像黑色剪纸贴在脸上。

男人迎着女人，“出了什么事？把我吓坏了。”

“什么事也没有。”女人笑了，真切快活。她脸上的肌肉由于不习惯这种分布，突突地跳起来。

老姜相信女人一切顺利。那笑容绝不是装出来的。

“谢谢您。”夫妇俩对飘飘而去的袁大夫说。

“一个月以后。”袁大夫说。

走廊上的其他人都听不懂这句话。

女人安安静静地养了一个月。她已经能做一点轻微的工作了。男人给自己买猪腰子吃。那些叫做什么“鞭”的补品，太贵了，吃不起。老姜觉得自己不至于那么无能，主要是精神上的事。妻子活过来了，他也就恢复正常了。

那一天终于到了。

“行吗？”先是男人问女人。

“行。”女人很肯定地回答。

“行吗？”这一回是女人问男人。

“行。”男人很肯定地回答。

于是他们洗澡，把半个“个”字的小屋收拾得干干净净，好像有一位贵客就要到来，然后耐心地等待晚上。其实白天也是完全可以的，但他们总觉得那不地道。

晚饭他们吃的是疙瘩汤。为什么要吃疙瘩汤呢？不知道。女人把水管拧得小小的，水珠滴下来，就像是千年的钟乳石眼泪。她把疙瘩摇得匀细无比，好像一盆珍珠。

夜深了。他们一直等到周围所有的人家都睡着了。为什么一定要这么晚呢？不知道。也许是他们有些害羞。

清冷的月光从高高的小窗流淌进来，晒在赤裸的俩人身上。女人已经丰腴了一些，骨头与骨头相撞的时候，不会把男人硌痛了。

“睡觉。”女人说。她的脸上闪着新鲜带鱼的银色光泽。

她不会说做爱或是造爱那种很美妙的话。可是她庄严而神圣。

男人勇敢地动作起来。就在他的工具像一条被激怒的蛇，由柔软变为昂然挺立的时候，他突然在月亮的角落，看到了女儿最后的笑脸。

他像被抽了大筋，啪地耷拉下来。“你看那月亮！”他说。

“看什么月亮！我要你看我！”女人热烈地说着，哗地把窗帘拉上。月亮就无助地被关在外面，只能把窗帘的中央照得雪亮。

“睡觉！”女人命令着。

男人振作起精神，竭力想表现得出色。可这是不由人的事，无可遏制地疲软下来。

女人索性坐起身，像稻草秸扎的假人，只有上半截，下身隐没在黑暗中。

“你又想女儿了是不是？”她说。

男人不说话。

“她是什么？她就是咱俩做出来的。现在她成了废品，我们重造一个就是了。她说我们想要一个男孩，其实我想要个和她一模一样的女孩。小甜在天上转了一圈，就要回到我们身边来了。”女人说着，用手去帮助男人。

这是一场完全没有情欲的结合。他们贴得那么紧，像是生了锈的钥匙和锁，干燥的没有一点汁液。

从此这成了他们的功课。每逢女人做疙瘩汤的晚上，她就追着男人说：“睡觉！”

老姜的功能渐渐苏醒。有规律的疯狂是一种运动，强身健体，活血化瘀。男人从悲痛的路灯下走远了，忧伤的阴影淡了。

脱离了轨道的生活，艰难地回归着。

突然，饭桌上消失了疙瘩汤。

初始，男人没理会。吃别的也很好嘛！

晚上，当老姜英姿勃发的时候，女人冷淡地拒绝了他。

“从今后，咱们互不侵犯。”女人说。

“你哪儿不舒坦了？”老姜恨自己该早些想到女人是禁不起连连折腾的。

“没不舒服。我哪儿都舒服，好久没这么舒服了。”女人背对着他。老姜又问，“那是生我气了？”

“别瞎猜。是我有了。你的事就算做完了。以后的活就是我的了。”女人说。

“真的？你没搞错？”男人欣喜万分。

“那还会有错？又不是第一胎，我有数的。”女人胸有成竹。

她很累。事情才刚刚开始，她就累了。可是她不会把这话告诉丈夫。

“那我们，我们该干点什么呢？”男人摩拳擦掌。

“等着呗。世上什么事都有速成的，唯有这件事不成。你也帮不了我的忙。让我安安静静自己待着比什么都好。”

男人摸着女人锅底一样凹陷的肚子说：“不知道她现在有多大了？”

“蚕豆大。”女人说。

此后女人格外娇气，格外珍惜自己。她怀第一胎的时候可不是这样。那时她年轻，根本不觉得自己身上有什么特殊变化，该上班该骑车该爬高上低一如既往。这回她灵敏得像支试电笔，每天都侦察出新感觉。有一天，她想吃香椿鱼。

香椿鱼就是香椿、鸡蛋做的疙瘩汤。别的都好说，可是寒冬腊月的，到哪里去找鲜香椿呢？

男人平日对女人是百依百顺，这回说：“难。天寒地冻的。”

女人说：“嗯！又不是我想吃。”

男人说“谁？”

女人说：“孩子。你可以亏待我，你不该亏待了孩子。要说吃，我是什么都不想吃，是那个孩子在我肚里叫，她要吃香椿鱼。”

男人再不说什么，满世界地去找。鲜香椿上市的日子每年只有几天，而且这简直就是一味野菜。男人实在找不到，就去酱菜园买了腌香椿，回来用水拔了好几天，给女人做了一碗黑黢黢的香椿鱼。

他紧张地等着女人的反响，女人越来越挑剔了。不过这一回她已经不想吃香椿鱼了。

女人每天的主要功课就是感受自己。她以前从不知道这是多么美妙的一件事啊！

受孕的那一刻，她看到卵子在自己的体内四处飘荡。它像一朵透明的葵花，或者干脆就是凶猛的海蜇。男人的蜂群像千军万马杀将过来。圆圆的卵子像海洋里的救生圈，在汹涌波涛间起伏。唯有一只蜜蜂钻了进去，它用泥巴封了洞口，和那个眼睛似的卵子做成一个蛹，在里面慢慢地孵啊孵。一直要等10个月…“

女人的感受掺杂了微薄的科学知识。当她像床单子一样铺在男人的身下时，她感到了一种创造。

女儿的脸会突然在最意想不到的地方出现。比如刷碗后碗底剩下的那一小洼水里，比如打碎了的暖壶内胆上……她就对她说：“你别急，我就要把你造出来了。我们就会有一个和你一模一样的孩子了。你就是我生的，造你的那套模具还在，现在把我的血肉填进去，就像把面按进月饼模子。等上10个月……啊……现在用不了10个月了，你就可以重新回来了……”

一个有经验的老农看到庄稼被冰雹砸了，他会痛哭流涕。可是他一会儿就不哭了。他会看看节气，麦子不成了种玉米，玉米来不及了种小豆……总之，他不能让那块地闲置，否则他还算是什么老农！

女人有时候也会非常忧郁，她想这不是让小甜说中了吗？可是她马上又反驳自己：我不想要一个男孩，我想要一个女孩。而且这个女孩不是别人，就是小甜自己呀！

这样，她就心安理得了。

女人马上就到四十岁了。四十的女人是不宜再生育的。危险像一只猫，在她的头顶上潜伏着。可女人不害怕。她说：“四十八，还结个瓜呢。谁说我不能生？我摘了环，刚两个月就有了，就是刚结了婚的小媳妇也没有这么快啊！”

老姜把所有的活都包揽了，把好东西都省给媳妇吃。

女人发面一样一天天膨胀起来。女人不对人说，其实这一次和上一次大不一样。上一回，她迷迷糊糊就当上了妈妈，这一回，要艰难的多。

大病初愈，或者说根本就没有愈，马上就进入制造生命的过程。她像一棵虬蚺的老树，还要挣扎着结果，就需竭尽全力。

孩子长脑子了，她知道。因为她觉得自己的脑袋变成了一个空椰子壳，浆水都流到孩子那边去了。

孩子开始长记性了。因为她的心什么也记不住，好像一块写满了字的青石板，连个简单的直道也画不进去了。

她的牙像被陈醋腌过。上下牙对撞的时候，就像两块酥皮饼磕碰，有渣子落下来。女人非常高兴，虽然从此她只能吃极软的东西。她的孩子开始长牙了。她知道牙并不是生了以后才长出来的，而是妈妈送给孩子的礼物。

女人觉得自己像一座老房子。骨头松了，头发一缕缕脱落，背也驼了，眼睛也花了，指甲凹陷得像汤匙，手脚一阵阵地抽筋……她非常高兴——这是一个多么健壮的孩子啊！她觉得自己的身体也很懂事，知道把最好的养料毫不迟疑地供应给孩子。要是她感觉不到自身的虚弱，她就伤心了。那说明她的余力还没有贡献出来。

她的身体彻底背叛了她，她的血管和胃都只为那个发育中的孩子服务。她快活地想：这个孩子才这么小，就这么有本事，将来一定能做大事。

在有月亮的夜里，男人会打熬不住。女人坚决不许男人上身，像狮子一样凶猛地吼道："不行！不行！"

"就这一次。你的身子还不算很重，我一定特别地小心。"老姜和颜悦色地说："要不姿势随你选。"

"半次也不行！那些玩意淋到孩子头上，会得癞头疮的！"

"你瞎说！咱们以前不是也有过的吗？女儿不是好好的吗！怀胎10个月，难道男人要当8个月的和尚？"老姜急了。

"我要出个优质产品。什么都别说了，你就丢掉幻想吧。那事是一点指望都没有的。"

"那我怎么办呢？"老姜百般无奈。

"怎么办都成，就是别惹我。"女人懒懒地说。

"那我就去找别的女人了！"老姜赌气地说。

"行啊！随你的便。只是不要给钱。咱们家拉了不少账，孩子生下后，开销就更大了。"女人心平气和地盘算着。

"不给钱天下哪有那样的好事呢？什么都在涨，这事也不知是个什么价了。"男人长叹了一口气。

"不是说有不图钱的友谊第一的吗？你就不能找个心灵美的了？还不得传染病。"女人打趣道。

"嗨！越说越没谱了。谁会看得上咱们穷工人。我不动你就是了。憋急了，我有法。"男人说着起了身。

"你干什么去？"女人问。

"用凉水冲冲。去去火。"

人们的眼光由怜悯渐渐变得平淡了。天地间有许多大事，谁还老注意一家小人物的琐事。偶尔议论，有人说：上回死的是个闺女，这会儿八成是个小子，因祸得福。也有人说，那么大的岁数了，谁知能生个什么？

不管人们怎么说，乔先竹的肚子像发面似的鼓起来。她的气色比先前好多了，显出蚕要吐丝时的亮光，好像有绸子在她的皮肤下抖动。

女人慵懒地躺着。不仅是因为娇气，从骨髓里散发着疲惫。这种疲惫使她有一种神圣感。唯有殚精竭虑鞠躬尽瘁为某事耗过心血的人，才敢有这份神圣。

能尽的力量她都尽完了，剩下的就是听天由命。

事一到了听天由命的分上，反倒简单。

应该到医院去做检查了。女人不去。她说："医生有什么用呢？真有病他治不好。况且这不是病。"

老姜说："上回取环还不多亏了医生。"

女人说："那环原本就是他们放进去的，他们不取找谁！再说那也不叫病。"

男人还是不放心。他想说什么，又怕女人不爱听，就闭嘴。

乔先竹把男人的手放在自己肚子上，说："你摸她的头。"于是男人摸到一个水中泡着的篮球。女人的肚皮薄，是属于薄皮大馅的那一种。男人甚至摸到了一些凸起，他想那就是孩子的鼻子和嘴巴。他得意地告诉了女人，女人拍着他的脊梁说："你错了，那是屁股。屁股在上。"

"那么头呢？"男人吃了一惊。在这个家庭里，最怕头出什么事。

"头在下。"女人指点着叫他再摸。他摸到一个西瓜似的球体。他捅了它一下，它踊跃地跳起来响应，弹性十足。

"头总在下面，晕不晕？"男人设身处地地着急。

"等她长大了，你问问她。"女人难得地开玩笑。

"多躺着。无论头朝上还是头朝下，她都没事。"男人体贴地说。

"只要胎位正，没事。"女人胸有成竹。

女人像一块就要成熟的麦地，一天天由青转黄，沉甸甸地低着头。

生的征兆袭来极为突然。

那一天正在下雨。雨大得像有一万个女人同时死了丈夫，放声痛哭。女人临睡下的时候，男人摸着孩子的头说："你觉着怎么样了？"

"没动静。还没到时间。"女人很有经验地说。

世上没有两颗相同的黄豆。每一个孩子都是不一样的。可惜女人自以为比妇产科大夫还有经验。

半夜，女人觉着下身很湿，好像雨水已经从街上漫上了床。她忙亮了灯，看看身下，已是一片血泊。

她推一推丈夫。老姜像猫忽地窜起，“是不是生了？”他问。

“这会儿有那么一点意思了。”女人平静地说。

“啊！这么多的血！”男人大惊失色。上一胎是早早送进医院里生的，送去的时候干干净净，回来的时候也是干干净净。医院把男人女人间这么重要的一件事给隔离起来了。

“这有什么呢？女人生孩子，原本就要流好多的血。你真是少见多怪。为了供孩子，身上的血多的不得了，要借这个时候放出去，不然要憋得难受。”女人微笑着解释。

看着女人宁静的脸庞，男人安心了。一个流了这么多的血的人，还能快活地说话，可见这血和平日的血是不一样的。

女人的宫缩发动起来了，频率密如防止野狗钻进的栅栏。女人不能微笑了，疼痛不给她喘息的机会。但她的精神很好，就是在痛苦中也是生气勃勃的。疼痛像海浪有规律地涌动，每一次退却都蕴藏着更凶猛的反扑。

“到医院去吧。”男人问。

“可是……我们怎么……走……呢……”疼痛像一个个删节号，穿插在女人简短的话中。

城市的夜幕被雨枪射出无数的窟窿，“个”字工棚区水深没膝，女人是断然不能走的了。到厂里去叫车，是唯一的法子了。只是女人这里又离不开。

“你先把司徒大妈叫来吧。”女人沉着地指挥。“不行我就在自家生。”她做好了最后的打算。

男人冲出去。

“拿好伞。你可别冻着。”女人再三叮咛。

伞根本就张不开，男人顶了张塑料布，淹没在黑幕中。

女人突然觉出孤独。其实男人待在身边也没什么用，生孩子是女人的专利。但一个毫无用处的人待在身边也比没人强。

她觉得孩子从她的身体里奋力往外爬。她像一层薄脆的鸡蛋壳，绷住了那颗跃跃欲出的头颅。她真想帮她一把，就拼命往下鼓气。

那颗圆滚滚的头颅得了助力，像鲤鱼似的猛一跃，女人听到了响亮的撕裂声。

乔先竹挺奇怪：是什么东西扯开了？这么不结实？她吃力地撑起身子。看到铺的褥子红光灼灼，布毛由于粘稠血浆的滋润，一撮撮耸立着，好像那是一幅质量很好的红毡。

血的汹涌澎湃多于她的想象。但是她丝毫没有虚弱的感觉。她想这没什么可怕的，上回因为一直躺着，才没看到这么多的血。

在腿间血泊中，她看到一缕黑如柏油的物件。在这个像笔锋一样柔软的东西两侧，有火红的溪流无声地推着波浪。在这两条红蚯蚓之下，是像蒜瓣一样翻卷的筋肉。

这是怎么回事？

女人偏着头想了想。她突然觉得自己的脑袋很沉，需要架在肩膀上才能想明白。啊！她一阵狂喜，迫不及待的孩子用头颅把生命之门撞碎了，她急着要来看看这个世界。

孩子！你好有劲啊！你要再加把油，冲出来就能见到天日了。

孩子仿佛听到了她的呼唤，拼命往前拱。

女人非常抱歉自己的皮肉太坚韧，给孩子冲决罗网造成了极大的困难。她把双腿张得如同巨大的剪刀，好给孩子前进的路减少阻碍。血就奔涌得更畅通无阻。孩子的胎发像煎炸过火的糕团，变成焦灼的褐红色。

男人从雨里潜回来，“邻居去叫了，医生就来。来了就好了，你别怕。”

“已经看到头发了。”女人自豪地宣布。

“别说话。你好好躺着，千万别说话。”司徒大妈颤巍巍地说。她分明看到女人说的每一个字，都像按动开关，血一股股溅落。

那缕胎发像火焰，渐渐增大。女人顾不上说话了，呼呼像电扇吐着气。

孩子的逸出并不是像蛇似的一寸寸往外爬，而是蜷着身子，像被架在巨大的弹弓上，女人一憋气，就像拉动钢弦，孩子箭一般地弹射而出，前进一大段。

现在孩子最宽的两耳卡在产门的峡谷，犹如鸡蛋要通过蛇颈。这是生产中最险恶的关口。

女人突然觉得舒适。宫缩骤然停歇，好像风暴退去的海滩，平静得纤尘不染。宫缩是一种强制给你的——迫害你的力量，它把你身体里的一部分调动起来，凶狠地同你的整体对抗。子宫在这种非常时刻，是君临一切的威王。它不听命于任何人，只服从那个黑暗中的孩子。子宫是女人全身的叛徒，它独往独来、天马行空。

现在，不知是什么原因，宫缩停了。

女人立即合上眼，很安详的样子。在剧烈的重体力劳动之后，她累了，恬然入睡。

“哎呀！你不能睡！你可不能睡啊！孩子卡在那里，上不去下不来的，鼻子都压扁了！再夹下去，你这十个月的苦就白受了！你就是咬碎了牙，也要再使把劲！听我的话，使劲！”见多识广的司徒大妈也慌了，拼命做出憋气拉屎的样子，在她遥远的记忆里，孩子就是这样生出来的。

“我累了……”女人梦呓般地说，“让我睡一会儿……等我一觉醒来，就有劲了……”她的声音轻的像优质羽绒，脸因为失血，苍白如乳胶。

女人无可遏制地睡去。

“这可怎么办？怎么办呢？”男人六神无主。他的孩子——不知是男孩还是女孩，头皮已变成青紫，眼睛紧紧地闭着，使人怀疑里面是否包裹着眼珠。

门开了。袁大夫走进来。

“医生！我的老婆！我的孩子！”老姜搂着大夫。大夫浑身精湿。“个”字工棚道路太狭，车进不来。别说是救人，就是救火，也毫无办法。

袁大夫只看了一眼，就知道事情远比他预计的要严重得多。

所有的血液都不凝固，像桃花一样鲜艳。男人和司徒大妈当然没发现危险，他们大叫着：“孩子快憋死了！”

大夫把男人拖到炉子边，这是小屋里距床最远的地方。

男人预感到了什么。他说：“您甭问我是想要大人还是想要孩子，我都要！都要！”

他的眼睛像两块红煤，好像这一切都是医生造成的。

袁大夫平缓地说：“不是。我不是要同你说这句话。我要告诉你的是：孩子不用保，也会在的。最多不过是得场感冒，这屋子太凉了。大人却是想保也保不住了。你心里要有个数。”

说完，他留下男人在屋角发呆，走到床边。

他开始帮助女人。“使劲！”他先给女人打针，然后开始帮助女人。

“你别烦我好不好？我没劲。”女人说。她对医生又敬佩又厌恶。凡有他出现的时候，准没好事。真想一辈子不见他，可他们总要去求他。

“你不是一直都想要一个孩子吗？现在他来了。”医生温和地说。

“我知道她来了。”女人轻轻地笑了起来。“她早就来了，她逃不走的，这我比你有数。”

“但是如果你再不用劲，你就可能看不到他。”袁大夫严肃极了。

“医生！您别骗我，也别吓我。我知道我能看到自己的孩子。她多有劲！我怎么会看不到她？医生，虽说您挺高明，可这回您说的不对。”女人虚弱但是很顽强地说。

医生真是无计可施了。这个病人很清醒，清醒的病人最可恶。你难以欺骗他们，而欺骗是医生的常规武器之一。他把老姜叫到一旁，让他预备车把女人送到医院去。三轮车或是手推车都行，送到大路上，再上汽车，越快越好。医生离了医院，就是虎落平川。虽说病势已万难挽回，但医生并不死心。医生是一个充满幻想的职业，一面惨淡经营，一面浮想联翩。悲观丧气和异想天开总是扭缠在一起。

男人走了，女人竟没有发现。她现在除了感受自己，什么都不知道了。

“我已经看到你孩子的脸了。她同你死去的孩子是一模一样的。”百般无奈之中，医生冷峻地宣布。

女人怪叫一声，像闪电劈开咽喉。她暴凸双眼，颈子膨隆像插满了红蓝铅笔的笔筒。双手反撑着床板，胸部拱桥般耸起，好像她想用手臂代替脚掌，倒扣在地上走路。“哈——哈——”她像一个日本武士似的有节奏地吐着气，声音类似凶猛的咒语。

司徒大妈看着孩子显露出来的半张脸，暗自嘀咕：我看着可不像。

血雨腥风。灿烂的红色液体像出炉的铁水，红而烫地倾泻。红毡已经饱和，低洼处聚起血的湖泊，随着女人的用力，某处稍一倾斜，血就冒着泡，变形虫似的伸出触须，蜿蜒而下，用闷而粘的声音敲击着老姜家粗糙的砖地。

那个婴孩终于诞生了。他驾着血的波涛，乘一叶红色小舟，翩翩莅临这个潮湿冰冷的世界。他的最后一跃，是被滚滚热浪射出生命之门的，犹如洪水暴发时的泥沙俱下。

婴儿亢奋的哭声，像一只只玻璃杯对撞击碎。

女人拼尽全力喊："快抱来我看！快抱来！"

袁大夫看了婴儿一分钟。他用干布把孩子紧紧裹起来，像擎着一把火炬，在女人面前晃呀晃，仿佛女人是一个原始山洞。

袁大夫判断的不错。女人的瞳孔已开始散大，像个模模糊糊的水桶。她用尽残存之力，把仅余的血脉逼到两目之间。就像把牙膏皮里最后的膏脂涂抹到牙刷上，非但不见少，反倒绰绰有余。

女人的双眼显出灼灼光辉。

"你骗我。她不像我那个孩子。她像另一个人。"女人苦笑了一下，笑容像死水潭里的波纹，荡漾得很慢，久久地悬挂在僵硬的嘴边。

“像！谁说不像！和你原来的孩子一模一样！”医生大声地强辩。他知道女人快死了，分娩时孩子的羊水进了母亲的血液，血液就永不凝固。女人的血像沙漏就要渗光了。他不想再给女人增加丝毫的痛苦。

“你知道她像谁吗？”女人神秘地问。

“像谁呢？”医生没多大把握地说。他想把话题引开，但濒死的女人固执坚定，根本不服从调遣。

“像你的丈夫吧？”医生说。他仔细查看过婴儿，却没记住长相。一般凡人认为最重要的问题，医生们认为最不重要。

“告诉你，她像的那个人就是我。我不希望她像我，我这一辈子太苦了。”女人声若游丝，但很清晰。

“我好痛……痛……”女人突然把手指尖剁进褥子，血花迸散。医生急忙用听诊器去听，他听到擂鼓一样震耳的轰鸣。刹那之间，行医多年的他以为是惊雷响了。片刻之后，永久的沉寂才使他醒悟到：刚才的巨响，是那可怜女人心脏的最后一跳。

“好痛……”是好痛苦还是好痛快？没有人知道。女人的目光定定地凝结在双耳铁锅上，好像在问：我什么时候再用它做疙瘩汤？

别以为生命的衰竭拖着长长的尾音，袅袅不绝。它时常戛然而止、斩钉截铁。在惨痛的最后断裂之前，生命会负隅顽抗、破釜沉舟。

一切都无以挽救。

男人和一伙帮忙的人涌进来。“快去医院啊！”他疯狂地嚎叫。

“不必了。”医生摆摆手。“这是一种很少见的病，一旦发生，现代的医学是没有办法的。医院是治活人的地方，不会收她了。”

“她最后说了什么？她留了什么话给我？你们说！你们告诉我！”男人一会儿窜到司徒大妈面前，一会儿又虎视眈眈地瞄着袁大夫。

“她没说什么……”司徒大妈不知该怎样回答这个红了眼的汉子。

“她去世的时候我在她近前。就我一个人。”袁大夫先解脱了司徒大妈，他知道在以后漫长的岁月里，老姜会一次次逼问不止。还老人一个安宁吧。

“她最后一句话是什么？”老姜困兽样狰狞。

袁大夫静如止水地说：“乔先竹的最后一句话是要你带好孩子，保重身体，好好过日子……”

老姜悲嚎起来：“我的妻啊……”

袁大夫忙把他们的孩子递过去。这个极小的婴孩用好奇的明亮的眼睛，严肃地注视着人们，仿佛在深思熟虑。所有在场的人都打了一个战栗：那目光太熟悉了！这就是血铺上的那个女人刚刚合上的眼睛里的光辉。

袁大夫不由得赞叹那个女人弥留时的聪慧。

在呼啸的风雨中，在辉煌的血光中，那个小小的婴儿——一个强健完美的男孩，肆无忌惮地哭叫着，呼唤着一个新的黎明。

预约财富

法人。

自然人的对称。

毕大夫把第一副乳胶手套脱下来。

毕大夫把第二副乳胶手套脱下来。

在第一副手套和第二副手套之间蕴含血迹，像胶水一般粘结着半透明的胶皮。

“毕大夫，电话。”手术室护士喊。

她依旧缓缓地脱她的手套。没有什么能让一个有经验的外科医生焦急。里面的那副手套不能用了。手术中破了，有鲜红的病人的血液染进她的指甲缝，白求恩开刀的时候也遇到这种情形，中了毒，后来就牺牲了。她只得临时再套上一副，好像在裂开的饺子外面再糊上一层皮。

她懒懒地问：“是不是我们家？如果不是，就说我手术还没完，谁的电话也不接。”做完一场大手术，就像干了一天活的长工，筋骨欲散。

“不是你们家的电话。是个女的，她好像很知道您的工作习惯，劈头就说，我有要事找毕大夫，如果她不接这个电话，损失就太大了。我就问，什么事啊，能否交我们转告？她停了一下说，是关于发财的事。”

小护士说到这里，诡诘地笑了笑。“毕大夫，这年头，什么事都能打听，哪怕是找情妇情夫的事，唯有发财不可问。每一笔财富后面，都有一个故事。您说是不是啊？”

发财?

毕大夫讶然不已，嘴唇在口罩后面无声地张圆了，口罩上就出现了一个优美的凹陷。这个世界上，谁都可能发财。比如给她传电话的这个小姑娘，明天就可能挎上一位黑人酋长的儿子。毕大夫绝不惊奇。收破烂的也可在月饼盒子里捡着成沓的钞票，或者干脆就是金项链，毕大夫也不惊奇。唯有她自己——一个大学毕业有着主治医师头衔和精湛手艺的大夫，人们已不称她姓名，而是尊称为“毕刀”的这个人，要是发起财来，就古怪了。

大夫发不了财，除非毕大夫刚才给病人开刀的那个胆囊里，储存的不是一把泥沙，而是若干克拉水钻。

大夫能略有进项的渠道，就是收取病人的红包。虽说上面三令五申，但几乎所有的大夫都靠它创收。从本意上说，毕刀是不愿意直接从病人家属手上拿钱的。那有一种乘人之危的血腥味道。再有，她从不在手术之前收礼。不是廉洁，而是害怕天上有一种叫做概率的东西。你就是再有把握的医生，也必须蛰伏在它的脚下。万一出了意外，毕刀心中有愧。不收钱就手术，好比不要定金，她手术执刀的时候，就可以维持一种高雅的心态，感觉自己仍是长着翅膀的天使。至于术后，病人康复，愿意给些馈赠，不拘多少，毕刀收下心安理得。要是人家不送，毕大夫也不恼恨。像街头一个自得其乐的卖艺人，你给钱也罢，不给也罢，她总是要自己吹呜呜呜响的笛子。

毕大夫喜欢把人的皮肤切开时，血流出来的油腻感觉。喜欢能把切开了的皮肤，再缝得像荷包一样漂亮的羊肠线。

毕刀惊奇之后，决定立即接电话。她用酒精纱布揩干净指缝里的血痂。现在的伪劣产品太多了，比如这双手套。只有病人是真的。毕大夫用指纹里还嵌着血丝的手，提起电话听筒。

“喂，哪位？”

“是篮子吗？你好难找。干什么呢？”对方轻柔的女声，绝没有因长时间的等候而焦躁。她一定有一个极舒适的打电话的环境。

从“篮子”这个只属于毕刀中学时代的外号里，她就知道是谁了。

“曹末生，你好。我还能有什么事？就是忙着给人开膛破肚呗。”

曹末生与她中学同学，原来睡上下铺位。后来一个去了东北，一个奔了西南。地理前置词虽说不同，后缀的尾巴倒是一致，都是生产建设兵团。后来她们都成了工农兵学员，不过一个学了医，一个学的是中文。直到最后脚前脚后返城。毕兰成为市属一家医院的外科主刀，曹末生为京城某著名报刊的首席女记者。

当年她俩散布在天南海北时，经常写信。要是在该收到对方来信的日子里，等不到鸿雁，她们会立刻补写一封，好像是给信件造一个孪生姐妹，以防失去联系。

等到她们同回了京城，彼此倒少了许多往来。经常几个月毫无声息，仿佛淹死在闹市的人海中了。有时会频繁地一天通几次电话，为了同去看一场电影，你等我，我等你的，再三约会时间，闹得双方的丈夫直嫉妒。

少年时的友谊，假若经历了困苦而未曾磨断，就像冰镇的香槟，无论什么时候再打开瓶塞，都会以极大的热情迸出泡沫。

“喔……没什么事……只是想找你……聊聊天。”本来很亲切的一句话，曹末生却说得迟疑。

“不必先来一段温柔的话，联络感情。有话快说，我的双手还沾满了血迹。不要扭扭捏捏，是不是又要介绍你的狐朋狗友，走后门住院？”外科医生只要说到他们的业务，嘴就像刀子一般锋利起来。

“真的没什么事。只是……想你。”那边的曹末生突然压低了声音，使这句话的末尾，更有了黯然怀旧的味道。

毕刀对着肮脏的话筒微笑了：“哎，末生，不要来这一套。你越这样我越确信你有事求我。当年我们住宿舍，你夜里不敢一个人上厕所，要我陪你的时候，用的就是这个腔调。你是故态复萌啊，我在感到亲切的同时，不得不提高革命警惕。你直奔主题好了，毕竟我们已经相识了30年，从13岁我们上初一那年算起。”

“篮子，你不做外科医生了吗？”曹末生依旧很柔弱的样子。

“没有啊。谁说的？我刚刚救了一个人的命，才下台。不是舞台，是手术台。”毕刀摸不着头脑。

“噢，我以为你改做心理医生了，把人剖析得这样入木三分。但是，篮子，你错了。我真是很想你。我真是想见你。今天下午五点，请你在4路公共汽车站等，我计算过了，这对咱们俩来说，路程都一样远近，符合公平的原理。放下我的电话，就给你的家里打个电话，说晚上回家可能晚。我不喜欢大家谈天的时候，有人不停地看表。好了，就这样说定了。不见不散。”电话线那头的曹末生，优雅地说完她的话，不由分说地挂断了。

毕刀愣愣地站在那里。从小就是这样，她看似很果断，但总是被柔弱的曹末生牵着走。

现在，不管她有什么事，都要在指定时间到汽车站。而且，在所有的谈话里，曹末生并没有一个字涉及发财——这个重要的问题。

下了班，毕大夫脱下白衣，换上会见宾客的衣服。她没有几件像样的服饰。在家的时候穿家常服，在医院的时候穿工作服。剩下唯一可显示服装的场合，就是拥挤不堪恶味冲天的公共汽车了。再好的衣服也会挤出皱褶来。女为悦己者容。毕大夫不想悦任何人。因此她听天由命，总是像一个真正的蓝领，穿最简朴的服装。

但会见曹末生必须要穿好衣服。因为这个女友太讲究包装了，毕大夫不愿自己显得像个陪衬人。她换了一袭绢丝杨柳纺的铁灰色套装，走起路来，好像要发出金属的声音。

毕刀喜欢套装，认为上下一样的颜色，给人古代盔甲的感觉，赋予职业女性凛然不可侵犯的威严。当然啦，太像“铁娘子”了也不好，还得给自己残存一点柔媚的女人味。这个拾遗补缺的担子就交给面料来承担了。今夏流行轻、软、薄。飘逸而高雅的绢丝纺，稍稍朦胧了铁灰套装的刚性，使毕刀冷健中透出些许温情，就成了她最爱着的礼服。

打扮停当，出了医院的大门。突然一个潦倒的老头儿拦住她，毕刀以为碰上了要饭的，恰好没零钱，就狠狠心假装没看见走过去。

没想到老头儿叫住她，说：“毕大夫，我等了您一天了……我是糯米的爷们。”

毕刀一看就知道了他是某个病人的家属。她经常像包公一般被人拦路喊住，不是诉说冤屈，而是请求对他们即将手术的亲人多加关照。

唐糯米这个名称太有特色，毕刀在第一次写病历的时候就记住了她。但是，她不能叫这个病人家属得意，以为自己比较特殊。就佯装完全没印象地说："我一天接触的病人太多了，对不起，记不清楚了。请您说说她是多少床？也许我能想起来。"

"14床。她是14床，肚子里长了一个大瘤子的婆娘……"

"噢，我想起来了。看我这记性。"毕大夫抱歉地笑笑。她的笑容很明朗，眼睛直视着对方。按照通常的理解，这种坦率的目光是可以信赖的。但是你要小心，医生出现这种目光，并不意味着他的努力与负责。那其实是一种居高临下的俯视。

"我求求您了！给好好做个手术，家里离不开她啊，孩子、猪、羊……都离不开她啊……我想给您送点东西，可实在是没了……我秋后再给您送礼了，我说到做到。她要是好了，我在家给您立个牌位，我们全家给您上香……"

老汉急不择言，但还是把他的意思明确地表达出来了。这些话，他已经在等毕大夫手术的过程中，默想了千百次。而且他的膝盖簌簌抖动，时刻准备弯曲的样子。

毕大夫温和地听着这些话，这对一个医生来说是难得的享受。她甚至做好了老汉一旦跪下，马上搀他起来的准备。她喜欢病人的感谢，就像演员喜欢掌声一样，但下跪这种感谢的方式太原始了一些。

老汉终于没有跪，可能也是觉得周围人太多了，再加上自己婆姨的病此刻也还算不得太重，这样的大礼，留着关键时刻再用吧。庄稼人还有什么呢？

毕大夫并不是见钱眼开的人。对于那些最穷苦的病人，她绝不打钱的主意。人总要在自己的行业里留一块净土，不是只为了钱才工作的。但这个比例不能太大，太大医生就永远摆脱不了贫困了。因此毕大夫严格地控制着自己同情心的数量，只把它降临在最可怜最需救助的人头上。

这个农村来的老汉和他那个叫做唐糯米的婆娘，荣幸地入选了。

毕大夫轻轻地拍了病人家属一下，然后很快地躲开了，怕在这短暂的接触中，有虱子爬过来。

她说："您放心好了。我一定尽力为你的妻子开刀。什么都不要，你把钱给你婆姨多买些好东西吃，人有了抵抗力，手术后恢复的就会快一些。就能早些回家照顾你的孩子和猪羊了。"

老汉的眼泪一下充满眼眶，说："这可怎么说……谢谢呀，活菩萨……"他还想表达什么，毕大夫不客气地说："我还有点事。以后也不用再等着求我了。我说话是算话的。你安心等吧。"

在挤得人仰马翻的4路汽车站，毕大夫寻找着曹末生。渐渐气愤起来。

按说人的脸是最显著的徽章，可在这夏日傍晚炙热如火的白光中，每一张脸都被汗水冲刷得如同黄土高原，惊人的一致。整个城市是一个椭圆的用水泥制成的灰色发糕，像吸足了热气的大气功师，开始吐纳粘稠的火焰。

应该问问曹末生今天穿什么衣服。衣服真比脸的面积要大得多啊！毕刀开始怀疑自己是否听错了地点，或是曹末生爽约。其实看看表，才过了一分钟。但她平日同曹末生约会，女记者都会严格恪守西方人的规矩，提前5分钟到场，显示出不言而喻的教养。

今天是一个反常。也许这一切都跟发财有关?

毕刀决定等10分钟。要是10分钟之后曹末生还不来，就是好朋友，她也不等了。要知道，医生也是时间观念很强的人。

最主要的是她对发财不抱希望。

突然，毕大夫感到臂弯处一凉，一股冷冷的感觉，顺着肘正中神经直抵手掌末梢的中指指尖。

回头一看，一个身穿雪白纯棉皱纱T恤和短裤的英俊男子，立在她的身后。用一根包着银花纸的雪糕，碰了她一下。

来人戴着硕大的变色镜，使眼光深不可测。唯有从镜框外侧散布的扇形皱纹看，判断出他已不像他的身材显示的那样年轻，眼睛充满了笑意。

不管怎么说，这个人不是曹末生了。

毕刀镇静地注视着他。对一个外科医生来说，遇事冷静是第一素质。

“看什么？不认识了？还不快吃？雪糕流的汤快把我的手都粘住了。”来人很亲昵地说。

雪糕真的很软弱了，有乳黄色的汁液缓缓下移。

“噢！原来是你！”毕刀接过了雪糕。

来人是郑玉朗——末生的丈夫。

“末生怎么没来？她有事吗？”毕刀极力吸吮着奶液，力争不浪费一点一滴。

“末生没事。”郑玉朗掏出手帕，优雅地擦每一根手指，淋上奶油和没淋上奶油的都擦。

毕刀快速嚼吃渐融的雪糕，她讨厌这种粘粘糊糊的局面。事无巨细，先处理最紧急的。待手的危急状态告一段落，她抑制住心中的不快，尽量平和地说：“她没事，为什么不来？”

当年在郑玉朗和曹末生的结合上，她是投反对票的，因此心里总存隔膜。现在人家的女儿都上学了，日子过得红红火火，证明她当年的判断误差。见到郑玉朗，脸上总讪讪的。此刻，她对曹末生没事不来赴约，自然大不满。但不能暴露在郑玉朗的面前，需保持住自己的面子。

凭着医生的敏感，毕刀觉察到这两口子在合谋一件事，把她牵连了进去。因此她要沉着一点。

“末生开始就没打算来。”郑玉朗微笑着说。

毕刀火了：“这不是拿人开心吗？她说好了来的，怎么变卦？”

郑玉朗继续微笑：“她只说同你有个约会，并没有说一定是她来啊。”

毕刀想想当时的对话，确是这样。但这更暴露出是一个蓄意的阴谋。

她冷笑着说：“这么说，你妻子今天是让我同您约会了？”

郑玉朗说：“听您的口气，好像觉得同我在一起，辱没了您的人格？”

郑玉朗在一家大公司做事，风度翩翩。他同曹末生在一起，真是金童玉女。他自小就受女孩子的青睐，说起话来大言不惭。

毕大夫抱着双肘，以纯粹医生的目光打量着郑玉朗。惊奇他也是四十多岁的人了，竟无一缕久坐办公室人必不可少的赘肉。因两人呈丁字形站立，见他的侧背更是轮廓简洁，筋脉蓬勃。毕刀知道，在雪白的精纺棉纱之下，是郑玉朗船板一样结实的背阔肌和斜方肌。

把思绪拽回来，她说：“那倒不是。在我们之间不存在辱不辱的问题。只是若不是这世上有个曹末生，咱们就是路人。我想不通有什么事情，同我相识了二三十年的曹末生不能开口同我谈，却请出你来。”

郑玉朗说："我们不要站在光天化日下，好不好？南极上空有黑洞，紫外线能致癌。"

毕刀原想说，有什么底牌，你趁早翻过来好了。但炙热的气浪把人烤得像羊肉串冒油，只得随郑玉朗躲进一间小冷饮店。

"你要点什么？"郑玉朗礼貌地问。

"你们有砖茶吗？"毕刀问服务小姐。她在兵团时靠内蒙牧区不远，经年像牧民一样喝砖茶，成了习惯。返回城市以后，总觉得绿茶太清淡，花茶又被喧宾夺主地熏掉了茶气。经过一番调查研究，她发现最像砖茶的是坨茶。平日常从茶叶店里，买那种包得像圆香皂一样致密的茶叶。在朋友家没条件选择时，就喝花茶。看这家店这般考究，就大胆提出要求。

"我们只有英国红茶。"小姐低着头，看着桌布的花边说。她还是懂茶的，挑了一种最接近砖茶的品种。

"好吧。就要它吧。"毕刀说。

"您呢？"小姐问。

"我要冰咖啡。"郑玉朗摘下了变色镜。

"对不起，我们只有热咖啡。"小姐依旧低眉顺眼。

"把热咖啡放到冰箱里镇一下，不就成了冰咖啡了吗？这是欧洲现在最时髦的喝法，我不急，可以等。价钱可以加倍。"郑玉朗说。

小姐喏喏而下。

“你诱敌深入了这么半天，我还不知道你们的真实动机。是不是说出来，让我这杯茶也喝得安心一点？”毕大夫小口啜着红茶，感觉这个来自大不列颠的茶精，实在是一般，皱着眉说。

“您一天的收入不一定能抵几包红茶的价格。”郑玉朗面对着桌子的空白说。

“您这是什么意思？我可以自己付茶钱。”毕刀忿忿地说。她想，当年真应该多说这个家伙的几句坏话，也许真能督促曹末生跟他掰了的。现在可好，沆瀣一气，倒算计起老朋友来了。

“我只不过是说出了一个事实。我的收入当然比你多一点，但同这世界上的许多人相比，我们都在不可遏制地堕入赤贫。”郑玉朗的冰咖啡还没有来，火气就愈发冲。

“是事实又怎么样？我们都很清醒地知道这件事，用不着你提醒。”

“你想不想改变它？”郑玉朗循循善诱。

“不想。”毕刀很干脆地说。

别看毕刀拒绝得很断然，其实谁能不想富裕呢？只是这些年来，她看过知识分子太多的纸上谈兵，再也不想空议这个话题了。别看你郑玉朗衣冠楚楚，也没有太多的进项。曹末生这个记者，招待会没少开，肚子里用公款积聚的油水不少，家里也颇有几箱粗制滥造的纪念品，比如拉链打不开的公文包，走时不准的手表什么的，但硬通货并不多。郑玉朗也就是算个中康吧，做出这种拯救他人于水火之中的大慈善家表情，叫人不快。

“好。好极了。”郑玉朗轻轻地敲着桌边。“末生猜你会这样回答这个问题，我还不相信。看来毕女士确实是不为商海所动，这使我们对选择你更有了信心。”郑玉朗很严肃地说。

毕刀愈发迷惑，说：“我又不是一件商品，何来选择？何来信心？”

“这个我们以后自会向你解释的。我不知末生同你说清楚了没有，看在你与她多年上下同一张床的友谊上，今晚你能同我一道去看看她的父亲吗？”郑玉朗的面容越加凝重起来。

“曹老？病了？”毕大夫轻轻重复了一声。如果她记得不错，老人家已经快80岁了。

曹末生的父亲是文化界的一位老前辈了，在相当一级的部门做领导工作。现在当然是退下来了，但仍经常在报纸上露面。就像一颗庞大的彗星，虽说最灿烂的彗头已经闪过，但巨扇般的彗尾依旧笼罩着半个天空。

“曹老还会记得我吗？”毕刀嘀咕了一声。说实话，她不想领这个差事，少年时留下的冷淡太深刻了。

“是的。曹老现正在医院的病床前等着你。”郑玉朗肃穆地说。事情真是越来越复杂了。精明干练的女外科主治医师，像掉进一杯牛奶，范围不大，但四面浑浊。直觉告诉她，这后面一定藏着一件事。但事的性质规模趋向，毕大夫可是一点也判断不出来。

你甚至没法提高警惕，因为对方是你30年的朋友。一个秀外慧中的有教养的女人。一个虽然毕大夫不喜欢可还要算得上出色的男人。现在，德高望重的曹老也卷了进来。3个人已形成了一个旋涡，毕大夫跳不出去了。

冰咖啡来了。杯子裹携着凉气，四周散发着飘渺的云雾。郑玉朗又叫了几样小点心以充便饭，打算吃了就到医院去。

“委屈你了。今天只能这样凑活了。”他很抱歉地说。

“到底是怎么一回事儿，你讲清楚。”毕刀抱着手。大有不说清楚了就绝食的意思。

“不管事情是个什么结果，我都一定会同你讲清楚。只是，不是今天。一是三言两语说不明白；二是马上就要到医院停止探望的时间了。虽说老头子那儿有点特权，也不好超时太多。”郑玉朗率先站了起来，这不符合绅士的风度，但他顾不了那许多了。至于毕大夫吃得饱不饱，他也不关心。

现今的女士崇尚减肥，整个世界都崇尚轻。

毕大夫只好说：“好。”就起身。一连串的安排激起了她的好奇心，倒要看看曹家玩的什么机关。

的士停在翠柏森森的院落之前。

斗拱飞檐。岁月把阴凉处的石板镀上城市罕见的青苔，走廊像街巷一样宽大，显示着当年的建造者奢华的王者气派。

这是外国人在大约一个世纪以前，用庚子赔款修起的医院。夕阳中，古典式的轮廓清晰如铁。时光的流逝使它破旧，平添了些许和蔼的温情。

他们走进高干外宾部。长长的甬道铺着深可陷入的地毯，竟把医院素有的消毒水气味也吸附掉了许多，朦胧渗出豪华宾馆的气氛。

走过一间间病房。门都关得紧紧，毫无声息。病房的门把手都是黄铜的，像一只只豹眼，炯炯地瞪着来人。

到了。

推开门，病房里只开了床头灯，撒着均匀的光晕，给开着空调的病房清冷的空气，注入了淡淡的暖意。一位须发洁白的老者，趿着软底拖鞋，缓缓地踱着方步，很有规律地在地毯上走动着。

听到人声，老人低吟了一句："来了。"依旧不停歇地走自己的路。

毕大夫和郑玉朗站在一旁，看老人若无其事地走着，口中呼出的气流，把一根很长的白眉毛，吹得飘飘欲飞。一边走，老人一边很有韵律地念叨着："918……919……"

时间分分秒秒地过去了。几十年前毕兰送曹末生回她家时的压抑感，重又鲜活地莅临。

她原以为老人走到1000步的时候就会停下脚步，没想到曹老全不受习俗制约，到了那个整数，依旧不紧不慢地把地毯趟出两道浅壕。

曹老的威严就在这沉默中渐渐生长。他明明约了你，你和他的女婿同时到达，他已经知晓了，却完全无视你的存在，一心一意地做自己的功课。

这是一种融入血液中的尊严的气势，它膨胀着，将两位中年得意的后生震慑，觉得自己萎缩起来。

老爷子顾自做着游戏，数到1100了，定住身，缓缓地回头，向他们和善地微笑。

那笑容中有一种很感人的天真。

毕刀以为他会说让你们久等了之类的客气话，但她马上就知道自己错了。老爷子毫不感到内疚，让别人等着他，是他一生中最常做的事之一。他的笑容，是因为自己终于完成了走路的指标。

“你是末生的同学。很好，听末生讲到过你。”曹老的确已经很老了，皮肤的面积比躯体的实际面积大出许多，到处耷拉着丧失弹性的褶皱。他的牙齿不正常地洁白整齐，显然是假的了。假牙使老人的声音夹杂清脆的回声，使布满老年斑的面孔不真实。眼睛出奇的亮，尽管有早期白内障，从昏黄的瞳孔正中射出的光芒，还是有一种让你不由自主说真话的魅力。

“曹老，您好。看您气色还好，不知您得的是什么病？”毕刀关切地问。她开口就问病情，三分之一是出于礼节，三分之一是因为职业，还有三分之一是为了掩饰自身的紧张。

“不要谈什么病了。我住在医院里，天天来人谈的都是病，烦了。谈点别的，外面的事。我喜欢和年轻人谈话。”曹老很干脆地打断了问候。

“外面？外面还不是一天乱哄哄的。大家都像工蜂似的忙，为了名和利，打得头破血流……”毕刀说着，有口没心。如今大家都这么说，好像不这么说，就不了解社会似的，说的时候，自然把自己洗涤一清。

“我们年轻的时候……”老人的脸因为回忆显出光彩，老年斑也因充血愈发显出褐色。

完了！

毕大夫哀叹一声，心想自己好倒霉啊！现在的时光，每三五年就可以构成一道代沟了。和这位老前辈（虽说他是同窗好友的老爹），只怕已有10代以上的隔膜。再说，毕大夫这一代人，文化大革命、上山下乡、求学求职，自家吃过的苦，也足够教诲下一代的。渐渐增长的年龄，已使他们自己滋生出倾诉欲，哪里还耐烦再听别人痛说往昔！

好在曹老毕竟是多年的领导人了，即使在晚年，也能很节制地控制怀旧这个老年病。话锋一转，对着毕刀说：“孩子，你是否很喜爱文学？”

本来昏昏欲睡的毕大夫，没想到战火突然烧到自己身上，吓了一跳之后说：“喜欢看，不能写。我平常倒是经常写字，摞起来的篇幅可能比一部长篇还要长。但都是病历。”

曹老宽厚地说："喜欢看，这就足够了。比如足球，当大伙说喜欢足球的时候，有几个人是真能上场踢的？能在现场看的都不多，还不就是对着电视机的一块玻璃就说喜欢？"

毕刀没想到老头儿还挺风趣的，而且思维敏捷，精神就聚集起来。

曹老又问："看过多少世界名著？"

毕刀想了想说："所有的吧。"

轮到须发皆白的老人吓了一跳说："我搞了一辈子的文学，都不敢说这个话。"

毕刀自知失言，但话已然说了出来，她又不是轻易愿认错的，就硬着头皮坚持下去，不过绕了一个小弯，说："您是大家，知道得愈多就愈谦虚了。我不过是个普通医生，图书馆里有的名著都看过了，再也找不出一本新的来了，所以就说这话了。记得有个哲人说过，已知的世界是一个圆圈的内部，未知的世界是这个圆环的外部。一个人懂得的愈多，他的未知的范围也越大。我是一个小圈圈，所以讲话就很随便了。"

老人听了毕刀的诡辩，宽容地笑笑。接着问："你觉着名著怎么样？"

毕大夫想说，现在谁还看名著啊？但当着一个搞了一辈子文学的前辈，这样说就太伤他的心了，于是说："名著当然是名著了。经过了几十年上百年甚至上千年的时光的淘洗，那么多双眼睛都看过，看了都说好……"毕刀突然孩子气的笑了一下。

按照预定计划，今天的主角是老岳丈和毕刀。一直冷眼旁观的郑玉朗，觉得毕刀的这一笑，实在是没有道理。只有女人才会在这样严谨的谈话里，无缘无故地添加佐料。干大事业的男子汉，绝不如此掉以轻心。

毕大夫真的是走神了。“看了都说好”——“用了都说好”——那是一种像手指一样玲珑的捞面条的小工具，它的广告词就是这样写的。从理论上，你不觉得它有多么高明，但是它真的把面条都捞干净了，你就会觉得这句话很出色。不由自主地记住了，让它在这个严肃场合蹦了出来。

定下神，看到曹老正专注地看着自己，等待下文。毕刀慌不择言，说：“噢，名著……当然了，名著也是有缺点的啊……”

“哦？好。你说说看，名著的缺点。”曹老眼光一亮。

毕刀本是顺嘴说的，到了现在的分上，只有自圆其说：“名著，特别是比较经典的名著，大多成书于十八、十九世纪，那时候没有电影更没有电视。作家们写到森林草原就要大泼笔墨。要是写到皇宫宫邸贵族院落，您看吧，洋洋洒洒最少几千言。还有吃的什么穿的什么，复杂得不行。要是现在，只要附上一张彩色插页，什么问题都解决了，再幽深的古堡也能一目了然。包括我们的红楼梦也有这个毛病，一个大观园，费了多少笔墨。当然了，您可以说这是留下了丰富的历史资料，养活了一大批红学家。可一般读者看的是小说，不是读资料啊。这就是名著的缺点，或者说是名著的局限了……”

毕刀侃侃而谈。作为一个医生，文学哪里是她的特长。但事到临头，她一贯的主张是咬着牙先冲上去。

曹老很注意地听着，说：“一家之言。一家之言。”

毕刀心里窃笑，她哪里算得上是什么“之言”，不过是不想在郑玉朗面前露丑就是了。

曹老调整了一下坐姿。郑玉朗不失时机地走过去，在老人的肩胛处轻捶起来，手法之娴熟，可与旧日地主家的丫环媲美。

毕刀在内心深处不以为然。她觉得人类一切过于亲昵的举动，都不应在光天化日下进行。否则就有某种表演或是别有用心的味道。

老人很舒适地享受着晚辈的孝敬。毕刀就觉得自己错了。也许一个人年轻的时候对这种动作反感，但随着年龄的增长，就格外珍惜后人的关切。或者明知是假，也自愿当真。

之后曹老又问了几个问题，毕刀都恭敬地作答。但每个问题都是只答了一半，曹老就用手指轻点茶几，表示已明白，可就此打住。问题涉及天文地理文史哲，虽说不是很深，但摊子铺得很广。毕大夫模糊感到这好像是一场考试，但考的目的是什么呢？她完全不知道。

她无所求，因此也不紧张。知道的，就拣着自己擅长的话，往外掏。总不能叫人太看不起自己了。实在不明白的，就老老实实地说我不清楚。也不是她就特别地谦虚板正，而是长期的医学实践养成的习惯，接触的都是人命关天的事，知之为知之，不知为不知。强不知以为知，是要用血来偿还利息的。

曹老飞速地转换着话题，显示出和他的年纪不相符的敏捷。但岁数毕竟不饶人，他很快露出倦意。

一直在旁洗耳恭听的郑玉朗，相机递上一杯淡茶，说："爸，您休息会儿，慢慢说。没敢给您沏太浓的茶，怕您睡不着。"

曹老倔倔地说："我不累。"

正在这时，门开了，身穿浆得笔挺工作服的护士走进来，态度很轻柔地说："曹老的客人，能否让曹老早一点休息？"

毕刀心里早就巴望着护士来撵人，此刻忙不迭地站起来说："曹老，您好好休养。我以后再来看您。"

曹老兴犹未尽，但体力实在不支，就不甘心嘟囔："我感觉自己体力很好嘛，可他们总是来提醒我有病。"

大家微笑不语，对这种老小孩式的恼火表示充分的理解。

"你们怎么来的？"曹老关怀地问。

"打的来的。"郑玉朗说。

"这么晚了，怕不好叫车了。我让司机送你们一下吧。"曹老很体恤地说。

毕刀忙说不必。心想老头子真是不食人间烟火，越是晚上，大街上越好打的。公车私车都上街拉客，满街蝗虫一般。

郑玉朗没说什么，一时间摸不清老泰山的心思。老人家平日是很反对用公家的车给家里人接送客人的。今天这是怎么了？

老人开始给他单位的管车人打电话。那边答应的并不痛快，意思是要是曹老亲自用车还好说，既然是别人，这么晚了，是不是曹老火了。别看干瘦的一个病老头儿，一旦火起来，威严不减当年。那边就乖乖地说马上赶到医院来。

焦急的等待。该说的话都已说完，就像火车站送行的人们，只等火车鸣笛了。大家就有些尴尬。

“曹老，您找我？”房间门嘭的撞开，进来一位穿和尚领文化衫的五短汉子，全然不看客人，直冲曹老问。他的前胸印着“我没钱”几个拙劣的黑字，待他走到曹老身旁，就看到他的身后印着“想发财”。

“……是……啊。来介绍一下，这是我的小婿。”曹老从朦胧中惊醒，说。

“噢噢，末生的爷们！听说多年了，一直没缘见，今个儿幸会幸会。我姓姚，叫我姚师傅也成，叫我姚老大也成。有事言语啊，要用车，跟我说。曹老廉洁，他叫我出车，是派车。我给您出车，是咱哥俩的事，您说是不是？”姚老大全然不顾医院的规矩，大声说笑。

大家同曹老告别。老人家勉力半站起来，扶着沙发的扶手，膝盖显得很软弱。衰老的气味像是用纸裹不住的油饼，散发出来。

毕刀以她的医学知识明白，衰老最先表现在从一个动作到另一个动作的过渡中。老人在他们面前不断地表现走路，也许不止是当官的习惯，可能是证明自己的活力。

“篮子，你确实是一个好孩子。末生在家常提起你。我很喜欢你。”老人由衷地说。

毕刀很严肃地点了点头。我们的朋友家里对我们的了解，远比我们想象的要深刻亲切。但这点头是什么意思呢？是承认自己的确是个好孩子，还是说自己也很喜欢曹老呢？

当然都不是。但毕刀只有点头。

“假如我有了很多钱，你们知道我要干什么？”也许是看到了姚老大的后背，曹老突然很有几分天真地说。

郑玉朗当然知道，但是他绝不抢先说的。

毕刀傻乎乎地真费心琢磨，“假如您真有了很多的钱……”毕刀觉得很意外，这么老的一位老人了，而且还是我党的高级干部，似乎很淡泊金钱才对。钱对他还有多少意义？曹末生家住的是一套旧时的亲王宅院。北京城里上好的四合院，基本上都是贵人们的私宅。单是这套房子，就要值上百万元了吧？曹老离休前还有专门的奔驰轿车，现在也是随用随到的。祖国的名山大川，曹老都已携家眷游历过，一路上迎来送往，下榻于当地最豪华的宾馆，回来时拎着大包小包的土特产礼物。生了病可以住这样舒适的单间病房……老人还想要什么呢？以毕兰不算太狭窄的眼光看，钱对这样的垂暮之人，实在是没太大的用处了。

毕刀不止一次地想过，不但自己，就是曹老的女儿曹末生，拼上一辈子，也混不到曹老现在的风光。

如今的人们常说自己有了钱要怎样怎样，比如毕刀的儿子说有了钱就买一个屋子大的冰箱，都装满冰激凌。毕刀的另一个因了离婚而伤感的朋友就说，她要在某一日买下北京城所有的红玫瑰，然后在花丛中饮煤气身亡。毕刀对这一类的愿望一律表示尊重。她是医生。在某种意义上说，医生都是萨特存在主义的门徒。凡是存在的都是合理的。病已经得了，你觉得多么不可思议，病也像钉子一样扎在你的身上了。一种想法就是一种疾病，一个人既然这么想了，他就一定有这么想的理由。

毕刀很惭愧地说："我不知道您有了许多钱以后会拿来干什么。"

在回答完成的一瞬间，她突然冒出了一个荒唐的想法："这老头儿不会用最后的钱为自己造一座豪华墓地吧？"

"假如我要有了很多钱……"老人凝重地说，"我就立一个曹畏三基金。专门用以奖励严肃文学，扶持日益贫困的文学事业，出老作家的选集、全集。录制过去的音乐唱盘。比如抗日时期解放战争时期各根据地的流行歌曲，包括民间小调，现在抢救还来得及，要是再过几年就很困难了。淹没了我们对不起子孙后代……"神往和痛惜的神情，轮替出现在苍老的面庞上，暗淡的灯光隐去了皱纹，使这张脸充满了令人感动的虔诚。

毕刀为自己对一颗苍老灵魂的臆测而不安。

“得了吧！我的曹老！您前两天不是还说要是有了钱，先把咱的大奔修一修。不是我这人乌鸦嘴，专拣难听的说。今个儿拉的是您的乘龙快婿和尊贵的客人，我可要高度提高革命警惕。要是别人，说什么我也不拉了。那车的毛病您又不是不知遭，弄不好要出人命的。您这会儿又说什么基金会了，再等会儿又该想起希望工程了。跟您实说吧，这该大修的奔驰就是您的希望工程，有了钱什么也别张罗，先修车！”姚老大的大嗓门把薄纱窗帘都拂动了。

“是啊是……车当然是要修的，基金会也要办，要办……”曹畏三老人突然像孩子似的不好意思。他的司机使他出了丑。

终于告完辞，呼吸到外面的新鲜空气。

坐进锃亮的奔驰230汽车，不想却比外面热得多。姚老大摇开车窗，说：“空调坏了。”

大奔颠簸地滑行起来。毕刀的屁股是坐惯了公共汽车的，至多也就是“面的”的水平，一时觉得还挺舒适。郑玉朗皱着眉头说：“这车变速齿轮的毛病大了。”

姚老大说：“行。是个行家。车也跟人一样，小病不治就攒成癌症了。车比人还不如，人还能讲点精神，练个气功什么的。车只有一招，就是出事。不定谁倒霉赶上翻车了呢。”

毕刀想，别的司机都不乐意说翻车，这个司机不怕。可总把翻车挂在嘴皮子上的司机，没准更怕。

毕刀突然想起了最重要的事，问郑玉朗：“你们两口子，折腾了我这么一下午连带一晚上，到底是什么事，你可还没告诉我呢！”

郑玉朗仿佛没听见似的说：“都这么晚了，先送你回家吧。”

毕刀不甘心，说：“你还是跟我讲清楚。我是个心里存不了事的人，你要是不说明白了，只怕我连今晚上的觉都睡不好。”

郑玉朗看着姚老大的后背说：“还是让末生同你谈吧。你们毕竟是老同学了。”

毕大夫还想问什么，一见郑玉朗双肘抱肩，正襟危坐免开尊口的模样，知道也问不出什么了，就闭紧了嘴。

车里一时有些沉闷。

“到哪儿下，提前言语。我最怕到了跟前才说话的主儿。要知道北京城里的路口规矩大了，不是你想在哪儿停都行的。”姚老大吭吭哧哧驾驶着不大灵光的奔驰，在慢行道上开。一辆辆蓝鸟皇冠奥迪桑塔纳林肯卡迪拉克，从奔驰车的左侧飞掠而过。

姚老大安之若素，不焦不躁地缓缓打着方向盘，仿佛在耍一套太极功夫。

但老迈的大奔不争气，应声颤抖了一下，好像经过了一个炮弹坑。

毕刀回头看了看路，下了微雨，马路很平坦。浅浅的水滴像油膜镀在路面上，流淌着一道又一道霓虹灯艳丽的光斑，仿佛一匹暗淡的缀着团花的绸缎。

“喂！我说小姑爷，听老爷子讲，几个快婿中，就你的路子最野。怎么样？给咱打听打听，有没有愿意要大奔的主儿？我跟他换，八成新的桑塔纳咱就干！这个车，也就壳子还像那么回事，内里头都耗损完了，一个文化单位就没有钱修修。不过，可得快！趁现在这变速轮还站着最后一班岗。要是彻底趴下了，没有几万块钱，它是彻底转不起来的。再说了，老爷子都这个岁数了，要是哪天半夜里急诊上医院，突然车误在半道，我吃不了这官司。我一个当下人的，也想通了，要的什么面子？图的什么排场？左不过是个穷开车的，平平安安把主人送到了地方，这就是最大的面子！我也不管是什么牌子的车了，开着好使就行。人非草木，曹老对我那是没说的，我得对得起他。你们说，是不是这个理？”

“我们会有钱来修奔驰230的。说句不好听的话，老爷子坐了一辈子的奔驰，不能叫他死在桑塔纳里。”郑玉朗冷冷地说。恰好这时驶过一处紫蓝色的广告牌灯箱，他的脸就显出潜水艇样的坚毅。

“你们接着聊吧，我到家了。”毕大夫说。

第二天是毕刀出门诊的日子。主治医师诊室，限挂20个号。挂号费一元，每张挂号单医生可提两角钱。也就是说，同样是出门诊，在主治医师诊室干一个上午，可多得4元钱。因此轮流出这种门诊，就成了公众的一种福利。

其实在普通诊室里，也常常坐着主治医师。只是那里的挂号费都是归集体所有，看病的医生一尘不染。

毕刀有时想想可笑。医生还是那个医生，医术还是那个医术，只因屁股坐的凳子不同，病家就要付出不同的价钱，就不免替病家叫屈。但细想起来，主治医师诊室的房间毕竟宽敞一些，病人是单独就诊，不像普通号那里，一溜坐七八个病人，好像等着剃头的铺子。主治医师诊室里还有一扇虽说不很洁白但很严实的屏风，给人一种安全的感觉。

毕刀开始看病人。昨晚上没睡好，头痛欲裂。但一想到病人是把带着体温的一元钱塞进挂号室的小窗口的，其中有两毛钱还将进入自己的腰包，就提醒自己一定要抖擞精神。

看主治医师门诊的多半是些中年知识分子。他们真是有病啊，好不容易放下工作，来一趟医院。挂一个专家门诊要10元钱，他们舍不得。5毛钱一个的普通号，他们又信不过刚出校门像青枣一样毛愣的年轻医生。为了对得起自己的身体和时间，他们不约而同地选择了主治医师号。除了节俭之外，还有一种惺惺惜惺惺之感。觉得这个年纪的医生像自己一样，都是挑大梁有真才实学的。

中年知识分子易早天，毕刀格外认真地诊治，头上沁出薄薄的汗水。

叫到16号了，她的神经渐渐麻木。她依旧温和地注视着病人，但目光像随手撒出的沙砾，很散乱地罩在病人身上，已没了焦点。

“您叫什么名字？”她机械地问眼前的女病人。

病人没有回答，摇了一下头，浅浅笑着。

“请问，叫什么名字？”毕大夫略略提高了声音。病人坚持缄默。

“您的名字？”毕刀简洁地增大力度。她想这个病人可能失聪。

“哎哟哟，我说篮子啊！你就真的殚精竭虑到了这个分上，连我也认不出了吗？”女病人大叫。

门口喊号的护士小姐闻声进来，不客气地说：“请您安静一点，这又不是自由市场！”

毕刀先是瞠目结舌，然后幸灾乐祸地看护士训斥女病人。

“想不到是你。”她说。

曹末生今天穿得十分淡雅，一袭淡紫色的裙衫，清爽可人。

“世上只有做不到的事，没有想不到的事。我要尽快地见到你，你说除了这个办法，还有什么办法？”

毕刀把听诊器搁在桌上，准备用看一个病人的时间同女友对话。

"你们夫妇俩对我进行地毯式的轰炸，到底藏了一个怎样的狼子野心，现在该昭然若揭了。"

曹末生规规矩矩地并腿坐在专为病人准备的小凳子上说："我父亲对你很满意。印象很好。"

毕刀说："我真有点受宠若惊。有人对我印象好，总比有人对我印象不好要好。可是我想不出这种好与不好，对我有什么关系？"

曹末生说："他考察了你，认为你可以做一个女企业家。"

毕大夫不由自主地拿起了听诊器，这是她要为病人诊治时的第一个动作。然后说："末生，我想，我们俩，也许还要加上您的老父亲，有一个人，需要进安定医院。"

曹末生冷静地说："我们都很正常。特别是我的父亲。以他近八十高龄的年纪，能思虑出这样鼎力革新的计划，我觉得很悲壮。我本来是不愿介入这件事的，但我觉得父亲的举动与一位我所尊敬的画家相仿，我要帮助他。"

"哪一位画家？"毕刀好奇。

"齐白石啊。他60岁以后大规模地改变画风，史称衰年变法。"

"那您家老父打算变一个什么法呢？我觉得你们一家人在合伙演一出戏，把我拉来跑龙套。"毕刀愈发摸不着头脑。

"不不。你是主角。"

曹末生急急反驳。

“我是主角？那么谁是导演？”

“社会。”曹末生冷冷地说。

“你再说得明白一点，好不好？不过，要节省点时间，我还有病人。”毕刀认真起来。

曹末生默不作声地从衣兜里又掏出了一张小纸片。毕刀不用看就明白了，那是第17号挂号单。这个鬼机灵，居然多挂了一个号。

“好吧。你说吧。现在我就是不想听也得听，因为你买下了我的这段时间。”毕刀把自己的姿势调整得舒服一些，想必说起来话长。

“事情是这样的。我父亲在位的时候，创建了一个九星出版公司。你知道，审批一个出版社，要费许多周折。父亲为了严肃文学的发展，动用了他的许多老关系。用现在的话讲，就是友情出演吧。可以这么说，要是没有我父亲，就没有这个九星的存在。这几年，严肃文学大滑坡，出版公司的状况一直不好，徘徊于微利和轻度亏损之间。前几年不是兴承包吗？出版公司的一个普通工人，好像叫什么浦为全的站出来说，他愿意承包出版社，每年给我父亲所在的部门交10万元钱。

“这当然是我父亲那样的文化人，巴不得的事情，乐得当甩手掌柜的，就同意了。现在，几年过去了，浦为全居然分文不交。一问，就装穷，说是不景气亏损什么的。可是，你看……”

曹末生说着，从肩背的见棱见角的军用挎包里，掏出一大摞书。里面的内容一时看不到，只见封面红的酷红，绿的惨绿。黑白对比鲜明的性感女星照片，像斑马的纹路使人眼花缭乱。

“这都是我从书摊上搜罗来的他们的产品，还是不完全统计。像这样在凶杀暴利色情边缘行走的出版物，销路出奇的好。我问过书摊的老板，说出这种书会赔吗？他们说，这都是从国外盗版来的，简直就是无本生意。焉有不赚之理？再有，据我的调查，那个浦为全出入坐轿车，手提大哥大，比我父亲的排场大多了。要是出版公司不赚钱，他去偷来抢来的钱啊？”

“真他妈的恶仆欺主……”温文尔雅的女记者骂了一句脏话。

“你说了这么多，还是没有说到为什么呀？”毕刀看了看表，虽说女记者买下了两个号，后面还有几个病人要看的。

“别急呀。我这就说到正事上了。最近我父亲让他们兑现合同，每年10万元。他们就摆出泼皮无赖的嘴脸说，要钱没有要命有一条！不信你们可以到账面上去查！你说到处有他们的书，哪能不挣钱？他们说书商拿了书不给钱，要是不信你们也可去查账！我父亲他们一伙书呆子，哪里会查账？！再说人家既然敢让你去查，必是事先做好了手脚的，听说他们请了一个退休的高级会计师。你哪里查得出？父亲气得心脏病都犯了，这不是无法无天吗！”曹末生微微有些颤抖了。

看女友生了这么大的气，毕刀也随着气愤起来："那就不让那个什么……浦为全承包好了！"

"这咱们就想到一块去了。父亲他们不能捧着金碗要饭吃啊！以后国家的拨款越来越少，文人们再没有条件关起门来儒雅了。有什么办法啊，靠天靠地不如靠自己。父亲在筹划着更换承包人，这一次，政权可要牢牢地掌握在无产阶级革命家手里。这个人，既要有经营头脑，又要绝对忠诚可靠。再不能选错接班人了……"曹末生像一个女政治家侃侃而谈。

"那是。那是。"毕刀频频点头。钦佩之余，不免设身处地考虑："只是这样的人到哪里去找？"

"不用找。现成就有一个。"曹末生胸有成竹。

"你说的是我？！"毕刀大惊。联想起刚才的女企业家云云，才知道在这里埋伏着一支兵马。

"不是你。是我的丈夫郑玉朗。"曹末生字正腔圆地说。

毕刀大松了一口气，笑自作多情。"这太好了。"她忙说。

其实郑玉朗到底合不合适做承包人，毕刀哪里知道。只是人家的婆姨都说行，自己还唱什么反对票？只要同自己无干，又何必认真。

"你真这样认为吗？"曹末生半信半疑。

"知夫莫过妻吗！"毕刀一口咬定。其实心里说，当年我反对你们结合，你还不是根本不听我的？这次我可要耍一个滑头了。

“其实就我的本心来说，并不觉得他行。但我们全家都说他是最合适的人选，我也就不好再说什么了。你知道，我只有一个哥哥，生性懦弱，对从商从政没有一点兴趣，绝担不起此担子。其余几位姐夫，也都是搞艺术的，不管闲事。为了父亲，我理应挺身而出，但抛头露面，一个女流，终是不便。更何况我是曹畏三的女儿，恐怕有许多闲话。”曹末生缜密地思考着。

“即是这样，那就让郑玉朗当就是了。”毕刀惦记着余下的病人，心不在焉地说。

“但是，老爷子不肯。”曹末生神色严肃。

“为什么？”毕刀不解。

“为了避嫌。”

“这又不是私人开的买卖，既然一个普通的工人都可以承包，大学毕业的郑玉朗为什么就不行了呢？钱都是在公家的账上，不信可以查嘛！”毕刀说完，不由得笑了。今天怎么老说查账的事，值得这样认真吗？

“老爷子清白一生，不愿晚节沾上污点。”

“中国不是有句古话，内举不避亲吗？”

“我们也都这样劝老爷子，但他就是执意不肯。”曹末生很焦虑的样子。

“别着急。再想想办法。”毕刀安慰朋友。

“办法倒是有一个。”

“什么办法？”毕刀忙不迭地问。

“我们全家思谋了半天，只有来个桃代李僵。由这个人出面竞争九星出版公司总经理的座椅，把浦为全顶下去。枪杆子就回到劳动人民手里了。”

“这倒是个好办法。只是这个人也不好找。”毕刀担忧。

“我们已经找到了。”

“谁？”

“你。”

风从窗外沁进来，把插在钉板上的挂号单吹得扑扑响。曹末生最后掏出的那张单子，险些飞了起来。

毕刀把单子往钉子的根部压紧，好像在给一棵小树培土。

“啊！末生，我想你很清醒，可是这怎么可能？我是一个外科医生，对出版行业一窍不通。我哪能做这种刀光剑影的总经理？真是……嘻嘻……”毕刀开始大惊失色，但很快就镇定下来。曹末生从小就喜异想天开，她是有数的。怎么就当了真！

“你不要笑。这是真的。我之所以先让郑玉朗找你，又让你见了我父亲，正是因为我们是非常认真的。”曹末生脸上没有一丝玩笑意味，眉头竖起针形的皱纹。

在相书上，这种纹路叫做“正义纹”。毕刀突然不相干地想到。

看来这不是一个玩笑了，需要郑重对待。

毕刀挺直身子说："你们这样信任我，我该高兴才是。可你们想到我的态度了吗？我对经营完全是门外汉。"

"想到了。所以才委派我来同你细细地谈。"曹末生说。

"我厌恶经商。"

"这不是经商，是实业。实业救国。就是救不了国，起码可以自救。"曹末生冷峻地说。

毕刀把自己的椅子往后退了退，拉开了同她的病人之间的距离。一般情况下，都是病人有严重的口臭，她才行此下策。

"我不会分辨经商同实业间微细的差异，我只是告诉你我不干。我们都是四十多岁的人了，我是一个很好的外科医生。我这一双手，简直就是宝手。我的每个手指都救过病人的性命。我不想改行，对女人来说，医生和教师是最好的职业了，医生比教师还好。不论社会发生什么样的变化，医生永远是受人尊敬的事业。"

毕大夫说着，站了起来，习惯地把双手插在白大褂的衣袋里，听诊器冰凉的金属听头，像一只光滑的小龟，把冷静坚硬的感觉传达给她的手指。

医生把手插在白衣衣袋里，给人的感觉是倨傲而冷漠的。殊不知很多时候，是医生把自身隐藏在白色的铠甲之后，为自己壮胆。

"真的，末生。很抱歉，我还有3个病人要看，上午的时间已经不多了。"

毕刀说着走到门口，对门外的护士说：“请叫下一个病人吧。”

小护士略微有惊异，因为每次都是旧的病人走出来，才叫新的病人进去。

医生的话就是命令。“18号——18号来了没有？再不答应，就叫19号了啊，18号……”

护士毫无感情的声音，在走廊的墙和挂着“防病须知”的镜框玻璃上反射着，破裂成干燥的碎片。

曹末生明白了这是驱客，轻轻地站起来，

毕刀内疚地笑笑，算是为她送行。她不愿这样对待一个有着30年友龄的朋友。朋友也像出土文物一样，愈古愈好。人在中年以后，就很难再结交到披肝沥胆的朋友了。因此，她有点伤心。但这也是没有办法的事。待过一段时间，再慢慢解释吧。

曹末生打开随身带的另一只公文包。她不同一般的时髦女士，在这暑热难熬的夏季拎一款小得可怜的香包，而是挟一个真正纯牛皮的经理包。

她把几张薄纸片递给毕刀。

那是今天主治医师门诊剩下的所有挂号单。

很安静。

诊室里的水龙头没关紧，凝聚了许久的一滴水砸落下来，清脆震耳。

两位女士重新走到桌子旁，落座。只是由于方向的关系，病人曹末生坐到了医生的位置上。

有小孩的哭声传来。外科的旁边是小儿科。

“末生，不必再说什么了。我喜欢当医生。”毕刀疲倦地说。同朋友相争是累人的事。

“鲁迅先生说过，凡是愚弱的国民，病死多少是不足为惜的。”曹末生针锋相对。

“我不是从国家来讲，只说个人利益。医生毕竟是最保险的职业之一。受人尊敬，收入也还说得过去。”毕刀有意把自己说得很自私。现在的事情，如果公事公办，反倒不易说通。你强调了个人利益，大家就谅解你了。

“毕兰，推心置腹地说，这件事对我们的家族是有大好处，但对你，也是一件好事。你刚才说到了收入。不错，医生永远是受人尊重的事业，在美国，什么人收入最高？医生和律师。在中国，可就远不是这么回事了。现今收入最高的是老板和经理。这是一个机会，对我们大家都有好处的机会。”

曹末生好像在给毕刀讲解一道数学题。只不过当年在学校的时候，都是由毕兰讲给曹末生听。

毕刀的眼光聚焦在钉子头那一叠挂号单上。每一张挂号单都使她耗费精力，口干舌燥。她的生命被这一张张薄纸片粘走，每一张挂号单回报她两角钱。在这之前，她没有觉得少过，但是在这一瞬，她觉得自己的劳动和所得的报酬太不相宜了。

“你是说，对我也……好？”毕刀迟疑了。

“你依然可以做你的医生，不过暂时中断一下罢了。具体步骤是这样的，由你出面，把出版公司承包下来。其余的事就都由玉朗来办，并不需要你操很多的心。我们的素质，比那些最先发达起来的个体户优越得多。那些人更多地属于流氓无产者的范畴，当改革大潮初起，善良的人们还在岸上观望的时候，他们就以特殊的嗅觉一跃而起了。知识分子就失去了他们的第一次机会。

“现在，第二次机会来了。我们再也不能失去了，因为很难说还有第三次机会。有些路口错过了，就再也无法退回重新选择。我们应该挺身而出了。我父亲他们为共产党干了一辈子，作为打天下的一代人，他们注定享有许多特权。许多贫民老百姓看了生气，我可以理解，但并不服气。一个政权，如果连它的开国元勋的待遇都保证不了，这不是国家的悲哀吗？可是，他们的时代毕竟就要过去了……”

曹末生冷静哀婉地说。

“书上说，做女儿的，一般都比较钦佩自己的父亲。”毕刀清醒地说。

“谁的书？”曹末生问。

“弗洛伊德语录。”

“我真的很敬佩我的父亲在他近80岁高龄时还不甘寂寞，

变法维新。他希望有好的汽车，汽车就是他的腿。他希望建立一个以他的名字命名的基金会，弘扬严肃文学。你说这里面有流芳几世的念头在内，我以为也是无可指责的。毕竟他百年之后，受惠的是后来人。假如不是我们的社会人言可畏，郑玉朗完全可以出任总经理。为了把事情做得更完美，我们全家想到了你。所以，我来找你，是为了私事。但它利我也利你，利私也利公。你可三思而行。”

毕刀漠然坐着。这是一个罕见的疑难病例。

曹末生悄声说：“你当名义总经理还有一笔收入。当然我知道你绝不会是为了这个而干，但我得告诉你。不是按市场规律办事吗；我们遵循游戏规则。”

毕刀嘶哑着嗓子说：“这事真是太突然了。容我和自家先生商量一下。”

曹末生说：“尽快把结果告诉我。当年部里和浦为全口头签的合约就要到期了，对新一轮承包人的审查就要开始。假如你不愿意，我们还得另物色别人。当然，篮子，我们以前是上下铺，希望以后也成为左右手。”

曹末生走了。

毕刀走出医院时已经很晚了。因为虽说上了门诊，但病房里你的病人还要照常处理。平日都已习惯的事，今天就觉得不合理。一个人等于干了两个人的活。

出了大门，刚要拐弯，突然她的衣襟被人揪住了。

一看，是唐糯米的老汉。青筋毕露的手把毕刀的真丝裙衫钩得跳了线。

毕刀正有心事，就不耐烦地说：“不是已经给你说过了吗，我会认真给你的婆姨开刀的。你要老是这样缠着我，我就不管你们的事了，让一个实习医生给你婆姨做手术。”

“别！可别！人家都说您医术高，您就可怜可怜我家，我们大老远地来一趟京城不容易啊！我再也不敢烦您了，连一句多余话也不跟您说了。今儿的事，都赖我那个蠢婆姨啊！村子来了个人，看我们手术了没。给带了一瓶香油，自家桄的，可香咧。我婆姨说，给毕大夫尝尝吧。东西不是个好东西，可新鲜，是个土产啊。我在这外头等了您一天哪，您就收了我和婆姨的这片心意吧。”

老汉说着，把一个橙红色的小瓶抖嗦着擎了过来。清亮的油液弯出一个柔和的弧度，反射着西下的阳光。自家油瓶口封闭得不好，有浓郁的芝麻香气四处飘散。

“不要这样。”毕刀拦着说，“我一定尽心尽意给你们做手术就是。”

虽说先生是最爱吃凉拌菜搁香油的，虽说这么好的香油全北京难找，毕刀还是不想坏了自己手术前不收礼的规矩。

唐糯米的手术只是把脾脏上的巨大肿瘤摘除。看起来怪吓人的，其实脏器摘除是比较简单的手术。

没想到老汉突然急了，浑黄的眼泪迸出眼眶，像蜗牛一样爬在苍老的面庞。

“是不是我婆姨的病没得救了？您连这一点乡下的土产都不收我们的了？是不是您打定主意，要实习医生给我婆姨做手术了，不愿欠了我们的人情？是不是嫌我们的油也是脏的？我没打开过瓶瓶，连一滴也没尝过啊……”老人哀痛万分。

毕刀只得接了这瓶被攥得汗渍渍的香油。油的温度很高，好像要沸腾。

毕刀迫不及待地等先生回家，比热恋时还焦急。

“回来了？我有件事要跟你说……”毕刀一边端菜碟子一边说。

先生在一家将要倒闭的工厂当党委书记，遇到什么大事都镇定自若。

“说什么也得让人吃饱了饭啊。饿着肚子的时候，出不了主意。”他操起筷子。

毕刀不管这一套。一边给丈夫盛饭，一边把曹氏家族的计划塞进丈夫的胃。

“就是说他们让你当傀儡？唉呀，我的老婆！你怎么连这个弯子都绕不过来？这是拿着你的名义做抵押啊！你是什么人？劳动模范，五一劳动奖章获得者，三八红旗手……喂，还有什么光荣称号？我的老婆？这些都是无形资产，值大价钱的。”先生在厂子里，是几千人的主心骨，平时很庄重的。但他回到家里，就完全变成了另一个人。

毕刀有时打趣地说，你在厂子里，就是这样对广大工人阶级说话的吗?

先生就说，当然不是。你愿意听那样的话，我立刻就对你长篇大论。

吓得毕刀连连说，你还是这样说落后话吧。

“还当过党小组长。”毕刀补充。

“你在各方面几乎是无可挑剔的，所以你更要问清钱的事。”先生剔着牙缝，郑重相告。

“可是我还没有决定干不干呢！”毕刀简直觉得一向主次分明的丈夫，这一回颠倒了顺序。

“这没有什么可犹豫的了。”先生严肃起来。“我看曹家是顺应了潮流。古语道，君子之泽，五世而斩。现在的所谓贵族，不要说五世，三世之后仍能凭自己的本事，创出一份业绩的就很少了。

“曹老宝刀不老，曹氏女儿女婿齐上阵，这真是一个极好的机会。人家既然求到你的头上，给人助助兴有何不好？起码没有什么风险。不然我们两个都在岸上晾着，何时才能发达?我自然不好有大动作，你将计就计练一回傀儡总经理，熟悉了情况，积累了经验，将来焉知不能做一把真正的总经理呢？”先生谈得兴致勃发。

毕大夫连连摆手说：“我哪有那份野心？！”

先生说：“我说的是以后，并不是现在。他们之所以选中了你，就是看中了你的毫无野心，不构成威胁。你在现阶段，绝对要听他们的。待羽翼丰满以后，再甩开他们干也不是不可以。他们不是说原来的那个浦为全有轿车大哥大吗？我们为什么就不能有呢？要知道，毕竟你是总经理啊！这香油可真地道，能把人香一个跟头。多少钱一斤？”

“这香油不是买的。”毕刀淡淡地说。

毕刀有些迷惑。就这么一件事，怎么使所有的人都显得老谋深算起来？

毕刀把自己同意合作的意向，通知了曹末生。曹末生让她直接同郑玉朗谈。毕刀不愿意理郑玉朗，但具体的问题又必须同他当面磋商。

他们将招标时可能遇到的情况，事先进行了讨论。名是讨论，实际上都是郑玉朗一个人在说。毕刀对于出版社的经营和管理业务，完全是一抹黑。刚开始就很烦。掬着曹末生的面子，硬着头皮往下听，居然也就听出了一些名堂。她天性聪颖，加上郑玉朗的阐述简明扼要又切中要弊，几个回合谈下来，也就不再是个出版盲了。

部里那方面，紧锣密鼓地进行着更换出版社承包人的准备工作。气球放出去了，还真有几个行家里手跃跃欲试，都递交了详尽的承包方案。

曹老告知部里，他郑重推荐一个很有思想很有能力的女医生，来参加夺标。

医生？还是女的？这不是风马牛不相及吗？大概是曹老这次住院，这个医生对曹老的治疗格外认真吧？负责此项事物的副会长这样想着，就把同毕刀的面谈安排在了所有应征人的前面，想预先把她淘汰掉。

会面的时间定在明早八时。

明天又是毕刀出门诊的日子，她很不情愿耽误了工作。不仅仅是因了钱，由于她的医术好，很多病人都是专来看她的门诊的。还有唐糯米的手术方案，还要继续研究一下，这是她每次手术前的惯例。现在就全耽误了。

但是没办法。这不但是一个海，而且是一个旋涡，跳进去就身不由己。

毕刀请了假，说是她的在奶奶家上学的孩子病了。请假很顺利，没有一个人怀疑她在说谎。她从来没有做过这种事，心里很不安。心想孩子可不要真的病了，那就是上天对她的惩罚了。

本来郑玉朗的意思是让她单刀赴宴，毕刀这一次是出奇的顽强，说什么也不肯。

“这不成！这又不是抢救病人，肠子肚子流出来我都不怕。对经济方面的事，我是初级阶段。要是哪句话说差了，我倒没有什么，一甩手走了，回去照旧开我的方子去，可你们家的马歇尔计划就全毁了。”毕刀特意突出了那个“家”字。

郑玉朗迟疑说：“今天晚上，我岳父会再次打电话给副会长，强调他是出版社的创始人，强调这一次承包人非你莫属。所以无论你谈得怎么样，估计结果都是一样的。你就放心好了，我现在过早露面，恐不好。”

“但你迟早是要露面的，是不是？我认为早露比晚露好，不然半路杀出个程咬金，人家反倒惊讶。再说，按照国人的心态，对男人比对女人信任得多。特别是这样的大事，还是有男子汉出面比较好一些。”

毕刀也不知自己说得有多少根据，只是怯场。她开始恨自己的丈夫，其实和曹末生的友谊，对曹老的尊敬，都不是她投身这件蹊跷事的原因，只因自家的先生显出强大的兴趣。

“不成。我现时不能露面。你必须一个人去。”郑玉朗思忖片刻，很强硬地拒绝了，语气中渗出凛凛的威严。

毕刀一下子火了。从来没有人这么居高临下地对她发号施令过。我不过是看在多年友谊的分上，演一出两肋插刀。你还真的拿出老板的架子来了？老子还不干了呢！

“你必须跟我一起去。否则，我们这场游戏到此结束！”毕刀冷冷地说。

郑玉朗怪自己疏忽。妻子说过，她的这个朋友也有极锋利的一面。自己这几天只看到她虚心求教的一面，竟把她看得太软弱了。事情到了现在的分上，硬顶就成僵局。他强制自己脸上的肉，温柔地抖了抖，说：“那么好吧，我的总经理先生。只是，我以什么身份出现呢？”

“我的副手。您将来不是名义上也要是我的副手吗？虽说实权是你的家族的，我不过是个皮影。”

郑玉朗不去理会毕刀话中的蒺藜，大度地说：“这是我们共同的事业。好吧，我出任你的副手。但主角还是你唱的，不到万不得已，我不说话。”

第二天，他们准时到达约见地点。

这是一座破败的四合院，只有那几株枝叶苍苍的巨大古柏，说明这里曾经有过的威势。

汪伦副会长基本上还算矜持地接待了他们，神态中有掩藏不住的查询之色。

会议室里，双方隔着古老的木茶几端坐着，好像对峙的等号。

毕刀从未有过的拘谨。她经历过许多刀光血影的场面，虽说刀是手术刀，血是病人之血，也算见多识广了。但今天这个场合，真是不知如何是好。

她的目光顽固地盯在自己的长袜上，晦气地想这双灰色的袜子于今天的气氛，真是很不相宜。灰色使她原本秀丽的双腿显出白蜡样的虚伪光泽，她不知道把腿藏在哪里好。

“我们还是成丁字形坐吧。这样大家都亲切些。”郑玉朗像主人一样调配起众人的座位。

汪伦坐在了窗前的沙发上，苍白的头颅映着纱窗外的翠柏。

呈90度直角处，坐着郑玉朗和毕刀。

三人都衣冠楚楚，促膝交谈的样子，但有一种隐然的张力，暗浮在空气中。

“毕女士是怎样得知我们这里有这样一家出版社，并决定要承包的呢？”汪伦副会长单刀直入地问。

郑玉朗和毕刀一下傻了。他们准备了许多业务上的问题，但是独独没想到这个不是问题的问题。他们就觉得对方有些阴险，甚至是弄清了他们的底细，故意敲山震虎。

其实汪伦的骨子里是个文人，对商务谈判并无经验。他只是很奇怪，是什么渠道，把这样一个端庄干练的女医生吸收到完全陌生的领域来的？他随心所欲地提出了自己的疑问，给了预谋的总经理副总经理一个冷不防。

“这个……这个……是这样的……我是听……”毕刀张口结舌，差点就要把曹老先生供出来。

“这个无可奉告。”郑玉朗果断地堵截了话头。

汪伦像山楂一样红而圆的面庞出现了很尴尬的神色。不过，他到底是好好先生，不自在了片刻，也就恢复正常了。

“毕女士作为很有经验的临床医生，”汪伦掀动茶几上的一叠纸，毕刀认出那是几天以前郑玉朗让她写的个人简介，“怎么就能弃医从工，改作自己完全不熟识的业务呢？你是否有把握做好它？”

这个问题倒是演练过多遍了。

“我虽喜欢医学，但更欣赏鲁迅先生说过的话，愿意投身到教育民众的工作中去，做企业家干实业也是很有意思的事。我平时也很注意积累这方面的知识……”毕刀神龙见首不见尾地谈了几点管理经验，都是郑玉朗临时教她的，现买现卖。汪伦副会长也是个外行，听得云山雾罩。

毕刀不敢恋战，赶紧把烽火烧向郑玉朗，说：“一个好汉三个帮。我已经物色到几位很有经验并从事过这方面工作的专家，比如这位郑先生，已答应出任我的副手。世上无难事，只有肯登攀。我们众志成城，相信心想事成，下面让郑先生说吧……”说到最后，简直有点语无伦次了。

毕刀长吁一口气，总算把这一席话大致不错地背完了。特别是不失时机地把郑玉朗推了出来，让他做血肉长城吧。

汪伦朝郑玉朗点点头。

郑玉朗朝汪伦点点头。两个男人都知道，谈判现在才正式开始。

汪伦本以为他是她的丈夫，现在看来不是了。那是她的什么人呢？喔，可能是情人了，要不然他怎么会为她这样卖力呢？汪伦很为自己的发现得意。

郑玉朗敏锐地感觉到汪伦对实情一无所知。心想老岳丈一生为官清廉，现在派上用场了。根本没人认得自己，这很好，有利于得标。又想雪里不埋尸，等将来大家知道了自己的真实身份，不知又作何感想。再一想，胜者王侯败者贼，到时候自家成了大出版商，谁说什么也来不及了。现在最要紧的是把标夺下来。

汪伦擎起毕刀的标书，试探地对郑玉朗说："你们这上面说的是若让你们承包了出版公司，每年上交30万利润给部里。这当然是一个很令人鼓舞的数字了……"汪伦咧开已经丢了一颗牙的嘴，嘻嘻笑着说。

毕刀也笑起来。这个汪伦啊，怎么比她这个只会捏手术刀的医生还没有谈判技巧？这番话好比同小贩讨价还价时，人家说出一个价钱，你作为买主，不但不还价，反而说，便宜呀便宜……

毕刀看着汪伦红得滴血的脸色，判断出他有二度以上的高血压。

"可是，你们有什么措施保证这个目标一定能达到呢？我们总不能谁说一个大数，我们就把出版公司交给他吧？有几位提的甚至比你们还要高呢。原谅我说得比较直白一些，只有拣到篮子里的才是菜，你们说是不是呀？"

汪伦绝不像毕刀想象得那样迂腐，一句话就说到了根本上。

"是的。"郑玉朗冷静地赞同。

"可是你叫我们怎么才能相信你们呢？都是纸上谈兵的事。"汪伦想起一直赖账的浦为全，不禁皱起眉头。真是东风吹，战鼓擂，不知道现在究竟谁怕谁了。老板要从伙计手里讨小钱，悲哀啊！

毕刀误以为这眉头是冲他们皱的，虽然能体谅到他们的难处，仍是很气愤。这世风，真是人心不古，江河日下了。现在除了一手交钱一手交货，就是亲娘老子也不相信。再发展下去，就回到原始社会以物易物的层次了。

“那你们叫我们怎么办呢？总不能买卖还没做就给你们交钱吧？不能把房子押给你，才相信我们吧？况且房子还不是自己的。我们就是交上点风险抵押金，也是杯水车薪。”毕刀上来了外科医生的火暴脾气，快人快语。

屋内一时很静，谈判陷入僵局。作为朋友，已为曹末生两肋插了刀。作为晚辈，已对革命老前辈曹畏三先生表示了足够的尊敬。至于郑玉朗，没有曹末生，谁认识他是谁？费了这么多的时间和精力，连病人的治疗方案都耽误下来，真是肝胆相照了。

这几天，权当为一个疑难病人，查资料请会诊忙了个不亦乐乎，病人最后还是死了。吃一堑长一智吧。

毕刀想到这里，心境平和了。很舒适地靠在墨绿色的沙发背上，搭着长腿，晃动着穿银灰色丝袜的脚。

汪伦副会长有些发毛：看来这女老板还挺有大将风度的。

郑玉朗沉稳地说：“您信不过我们，这很正常。”

汪伦忙不迭地点头。他知道这是敏感问题，谈不拢，事情就濒临破裂的边缘。看到郑玉朗这般通情达理，竟受宠若惊，有了感激涕零之态。

“这样吧，”郑玉朗微微斜了身子，这样就以身体的整个正面，直对汪伦的正面，把毕刀暂时屏蔽在外。

“如果您认为，毕女士在其他方面，都是出版公司总经理的合适人选，只是在上缴利润金额的保证方面，你们难以下最后的决断，那么……”郑玉朗有意给了一个停顿，空气骤然凝结起来，等待着一块石头把坚冰打破。

“我们暂定此次承包期限为3年，每年承包金额为30万元。如无异议，我将在10天之内，将90万款打到你们的账号上来。这样，你们是否就相信我们了呢？”郑玉朗举重若轻地说完这些话，抱着双肘，安宁地等待下文。

山楂会长和毕刀都像被人点中了哑门穴，一时间无声无息。

“此话当真？当……真？”山楂会长的血压肯定在瞬间翻了一番。

“当然。当着我们总经理的面，君无戏言。”郑玉朗这时才把身子偏转了半圈，使毕刀进入了谈话圈。

“那……是……的。”毕刀使劲咽着唾沫说。她和郑玉朗并没有议论过这个问题。

“好好。如果你们能在10天内将3年应缴的钱都一下打过来，我们还有什么不放心的？黑猫白猫，谁的钱都是钱。等我们见了钱，再研究一下，你们知道，总要走个手续，这件事就算最后决定了下来。您——毕兰女士，就成为我们出版公司的法人代表，我们依法来办各种有关手续。”山楂高兴得脸色发暗，犹如空运来京的南方荔枝，显出不新鲜的皱褶。

“我？就成了……法人？”毕刀喃喃地重复。这些天商议的时候，郑玉朗一直谨慎地使用着“总经理”这个词，一次也没说过什么“法人”。

女人家，天生对涉及“法”的事，有一种惊悸感。

“是的，您就是法人。”郑玉朗很恭敬地说。

会谈在友好的气氛中结束。毕刀用仅有的精气神，支撑着仪态，直到山楂会长隐没在幽暗的松柏之中。

“我的天哪！可累死我了！比站了一台开胸手术还累！”毕刀在胡同里就叫起来。

“还好。总的来说不错，可以打9.50分吧。丢的那0.5分，在于你听到法人一说时，太不冷静了。”郑玉朗淡然评论。

“岂止是不冷静？简直是惊慌失措。要不是沙发的垫子太软，也许我就要跳起来了。哎，我跟你说，我不当法人。你从来没跟我谈过法人的事，这个名字太吓人了。”毕大夫惊魂未定。

“法人又不是犯人，有什么害怕的？况且法人不是人，它只是一个符号。你跟他们签了合同，你就是法人代表，这是不言而喻的。它就是总经理的同义词。况且不论叫什么，你都当你的甩手掌柜的。”郑玉朗轻描淡写。

“那要是出了事，是不是也要我负责？”外科医生反应快。

“从理论上讲，是这样的。”郑玉朗继续向前走。他们要走出胡同，才能打到车。

“要是出了诈骗案破了产，我就得去坐牢？”毕刀停下脚步。

“从理论上讲，是这样的。”郑玉朗很肯定地说。

“那你们这一家不是合谋起来害人吗？我不干了！我这就回去同那个红脸膛的肯定有高血压的什么会长说，我刚才讲的话全都作废。”毕刀像根钉子似的戳在胡同当间，全然不顾风度地嚷起来。

“我只是说理论上的，实际并不是这样。我如果想骗你，就不会把实情告诉你。凡事在具体操作的时候，都可以变通，这就是当今的特色。一旦这边签了合同，我们马上就到公证处去，办理一个手续，就说由你出任总经理期间，法人代表的一切责任，都由我郑玉朗来负。你以为如何？要是你还信不过，就由我的岳父出面，同组织上再说一遍。来个双保险。不过这一切要在我们成功地拿下合同后再办。”

毕刀还是一个劲地摇头，说：“不管你怎么说，我还是不干了！”

郑玉朗正色道：“事情已经做到了这个分上，你来个釜底抽薪，就是郑玉朗在你眼里算不得什么，还有末生呢！还有我老岳父的面子呢！末生一直夸你是女中豪杰，其实是个胆小鬼！你不要以为没了你，事情就做不成了。到了最后关头，我郑玉朗可以赤膊上阵。这是于国于民于家于友都有好处的事，你不做我为你可惜。这是一个机会，知识分子发财致富的最后的机会了，因为你和末生有缘分，我们这个家庭才选择了你。毕大夫，该说的话，我都说了。我劝您三思。你仍是执意不肯，我们也绝不勉强，我们就此作别，一切善后事宜，都由我出面料理，您尽可以放心大胆扬长而去。我把话搁在这儿，现今的中国是英雄辈出的年代，几年以后，我郑玉朗绝不是现在的这个样。我一定会干出一番事业来！您尽快给我一个答复，这就是我对您最后的要求！”

男人发起脾气来，确实和女人不同。女人一般是呜呜哭叫着，自行跑向远方。男人不是，他们直挺挺站着，怒目相视，直到逼迫那个引起他们愤怒的物体消失。

毕刀自小倔强，否则不会选择女性望而生畏的外科。她手起刀落，挽救过许多生命，岂容他人这般奚落？况且这还是一个她一贯不佩服的人，她珍视同末生的友谊，曹老抚摸她头顶的感觉，也像磁带一般在她的天空反复播放着。现在退出，实在与她的性格不符。

真是当经理不容易，不当经理也不容易啊。

经过这几天郑玉朗对她的狂轰滥炸，也使毕刀在医务的白色帷幕之外，看到了一个广阔的五光十色的世界。为什么不可以试一试呢？当医生给人提供的是一种悲天悯人式的满足，外面的世界却是冒险与挑战。

总经理像一个从未尝试过的水果，在远处的丛林中，闪着诱人而诡秘的光泽。

“给我一点时间，让我最后地想一想，我会尽快把答复通知你。”毕刀和郑玉朗对视着，一字一句地说。

毕刀回到家里。疲倦像巨鸟的羽毛，覆盖了她的全身。

掏家门钥匙时，她想：回到家里的第一件事，是甩掉皮鞋，伸直了双腿躺在地毯上。

她突然看到门缝里插着一封信，封皮上用陌生的字体写着：毕大夫收。

这些年，普通人很少收到信了。上山下乡的回来了，下放的也没有了，两地分居的也解决了。主要是电话多了，电话扼杀了信，信渐渐成了一种历史的遗迹。

但是毕大夫还是会收到信。那一般是经她手治好的病人写来的感谢信。她一边换拖鞋，一边打开了信。在打开信的那一瞬间，感觉有些怪异。这是一封没有邮票的信，也就是说，它是有人专程把信送到她家来的。

毕大夫：

您为什么不好好地做一个医生，要卷入这样复杂的活动中去呢？做一个清清白白的知识分子，保持自己头脑的清醒与操守的崇高，不是比总经理更重要得多的事情吗？

我很想同您谈一谈。明天上午10时，我在儿童公园游乐场等您。我穿一套绿军装。

您的朋友

信封上没有地址。信瓤里没有名字。

毕刀的精神凛然一振，头脑像冰镇矿泉水一般冷澈。

经理还只是一个画饼，风雨已经如磐。这个号称的朋友，到底是什么人？毕刀像猎犬一样，把信翻来掉去，甚至用鼻子嗅了嗅。字很娟秀，纸很清洁，没有烟味。信封是街上最普通的那种，送信的人很仔细，信封上没有一丝折痕。

尽管信里不含恶意，毕刀还是感到恐怖。承包出版公司的事，除了末生一家。她再未同任何人讲过。是谁，在暗中炯炯有神地洞察着这一切！

百思不得其解。

先生回来了。毕大夫赶紧像献宝似的把信递了上去。

她以为丈夫会严重地关注这件事，没想到先生只掠了一眼，就说："拿饭来。"

她说："我心事重重，哪里还有心思做饭？凑活吃点方便面吧。"

先生说："方便面也行。反正得先补充了蛋白质碳水化合物什么的，让脑子营养好一点，才能讨论问题。要是有酒就更好了，酒后吐真言。"

毕刀说："有碘酒，你喝不喝？"

她一边操持简单的晚饭，一边说："怎么会有这样的事？"

"这很正常。"先生说。

"你说什么很正常？"毕刀不解。

“这封信。”先生静如秋水。

“这是匿名信啊。我的先生，你看明白了没有？”毕刀叫起来。

“是啊。匿名。匿名就很正常，署名就不正常了，不合中国人的思维习惯了。你既然预备了当经理，你就得预备把这些东西当成家常便饭。这封信的口气很温和，甚至还有一丝机智和关切在里面，实在要算匿名信里的上品。我平日接到这类的信多了，风格比这无赖多了。”先生开始了饭后的一支烟，烟圈平缓柔滑地喷出来，好像两股隧道。

毕刀立刻转而为先生担忧，讶然道：“你怎么从来没说过？”

先生说：“你要是当了总经理，咱们就可以多交流这方面的心得了。否则没有共同语言。一家将要倒闭的工厂的党委书记，就是一个盛匿名信的信筒。拆匿名信，是第一把手的工作之一。”

毕刀说：“那我现在该怎么办啊？”

“很好办。”先生说，“一件事，你要是不知道该如何办，就索性想想它最坏会演变成什么样？假如那个最坏的结果我们尚可接受，就按最好的努力去办吧。比如我们厂真的倒闭了，我这个党委书记干什么呢？我可以去卖豆腐。我父亲原来就是卖豆腐的，我原来就是一个卖豆腐的人的儿子。这么一想，事情就很好办了。”

毕刀想，是的。这件事最坏的结果，就是她重新回来当外科医生。她的手是一双宝手，医学是她的童子功。什么东西遗弃了她，温柔的白色也会将她不声不响地包裹起来。

“这么说，你是主张我明天去见他了？”

“他是一个在暗中窥测你们的人，他对你们了如指掌，你们对他一无所知。如果你们希望这件事成功，知己知彼，才能百战不殆。当然，你若是害怕，我可以陪你一道去。”先生说。

虽说是一家人，先生的话还是伤了毕刀的自尊心。“我有什么害怕的？光明正大的事。再说是繁华闹市，我又不是大款，能把我怎么样？”

先生说：“你已经有些像总经理了。”

毕刀早起先到医院里去。好几天没有心思工作，事情攒了一大堆。你的病人就是你的自留地，你不在，别人也不好替你锄草捉虫。有几个病人的医嘱要马上更改。病情变化了，就像季节变化了，要随之增减衣服。你没给病人及时更动医嘱，就像天热了，你不给孩子换单衣，孩子就只好热出痱子。毕刀有些愧恧，她以前是从未出现过这种情况的。还有几张检查单也堆在那里，像是侦察兵抓回来舌头吐出的情报，也因她这个总司令不在，毫无意义地散落着。

“毕大夫，您的孩子的病好些了吗？”小护士关切地问。

“孩子的病？……啊啊，好……好些了。谢谢你们这样惦记着。”毕刀埋头处理病历，以掩盖自己的失态。

“明天有唐糯米的手术，您可得休息好了。家里有病人，最熬人了。一场手术就是一场仗。”小护士老气横秋地嘱咐她，毕刀觉得很温暖。

按照以往的惯例，应该再把唐糯米的手术方案推敲一下。毕刀看了看表，匿名信约会的时间快到了。

出了办公室的门，她看到唐糯米的丈夫。老汉眼巴巴地看着她，希望她能主动地过问点什么。病人的家属一般不敢打扰医生，总是潜伏在医生必经的路上，想让医生在看到自己的同时，联想到自己卧病的亲人，多想出治病的好办法。

毕刀不耐烦地点点头，又摇摇头。

这是什么意思呢？是你婆姨的病我知道了，你就不要再啰嗦了？还是手术没有问题，你就放心好了？毕刀自己也说不明白，只是想快点摆脱繁杂的事物，去把匿名信的谜底揭穿。

毕大夫远远地就看见，在儿童乐园的入口处，有一个身穿很干净的旧军装的中年男人，安详地站着。

这是一套假军装，从来没有缀过领章帽徽的军装。这个瞒不过当过兵团战士的毕刀。军装的领子是均匀一致的浅绿色，没有领章遮避过的浓绿方块。

毕刀径直向他走过去，那个人也迅即迎了上来。

“你就是……”两个人几乎是同时说出这句话，但毕刀说了半句就没了下文。她总不能说：你就是匿名信的作者吧？虽然她极想这样说。

“你就是……毕兰大夫吧？”来人说完了这句话。

“是的。”毕兰很矜持地说。事情就这么开始了，似乎比她设想得简单。

“我的名字想来你一定是很熟悉了。这两天，我的耳朵一直发热，有人在不断地重复我的名字。”来人说。

“我并不知道您是谁。”毕刀直截了当地说。

“我是浦为全。”来人伸出了他的手。

浦为全？浦为全是谁？这个名字很熟，似乎震动过自己的鼓膜多次，但她确实没见过这张像黑人领袖曼德拉一样，泛着釉彩的黑脸。

她歉然一笑说：“真对不起，我不记得了。也许是当医生每日接触的姓名太多，我对人的名字反应很迟钝。您能介绍得再详细一点吗？”

浦为全笑了，笑得很尽兴：“我就是您企图颠覆的那个人——九星出版公司的现任总经理。”

喔！

狭路相逢。

毕刀确实从郑玉朗和曹老还有山楂会长嘴里，多次听到过浦为全这个名字。但那只是一个抽象的音符。她似乎从没想到，那是一个活生生的散发着烤人热气的男人。

毕刀一时有点窘。

"您——好——"她拉长声音说。她并不想问他好，甚至不想见到他。问好只是基于礼貌，拖长时间以调整情绪。她后悔没让先生一道来，或者干脆应把郑玉朗揪来。

"很想同您详尽地谈一谈。"浦为全单刀直入。"噢……好。我还有一个助手，让我打个电话，约他来一道谈吧。"毕刀终于想出计策。

"您说的是曹畏三的女婿郑玉朗先生吗？我看就不必了。你们还并没有取我而代之，这次也并不是移交工作。我只是想同毕女士单独谈一谈，我知道您似乎不太乐意。但你我之间，这样一次谈话是不可避免的。迟早而已，早比晚好。"

毕刀不是个拖沓女性，既然一定要发生，索性早点挑明了好。她点了点头。

"我们在哪儿谈呢？"浦为全环视四周。儿童公园的转马孤零零地兜着圈子，只有一个孩子坐在一匹黑马上，他的父亲奋力地推着马屁股，整个马群咿咿呀呀地旋转。

"还很复杂吗？像中国入关的乌拉圭回合？"毕刀原以为三言两语就可解决问题。

"一言难尽。我希望能有一个比较好的谈话环境。到我的出版公司去吧。您也可以参观一下。"浦为全以主人的姿态热情相邀。

"这……恐不合适吧？"毕刀虽没有商海知识，也敏锐地觉察到这是一个陷阱。假若真的承包成功，毕刀就要以崭新的身份，出现在公司的员工面前。那么这一次见过她的人，就会有猜测和传言。此刻还是不见为好。

浦为全并不勉强，点点头说："以后再去也好。那这一次就到我家去好了，看看我是否如外界所传，已然暴富？"

毕大夫淡淡一笑，说："我也不是公检法。府上改日再去拜访。"她从小就不愿意到陌生人家里去。

"那么……到哪里去呢？"浦为全真的有些犯愁，"要不我们一起去吃饭吧？"

"这么早就吃饭啊？我实在吃不下去。"毕刀这一次说得倒是实情，医生的生活是很规律的。

"要不，到您的家里去吧？"浦为全不动声色地说。他并没有因毕刀一而再，再而三的拒绝而恼火，只是以不断的建议重申自己的主张。

"这个……"已经拒绝了多次，毕刀真是不好意思再说"不"了。虽说不想把一个生人引到自己家，又一想，匿名信人家都送得到，想必也没什么可保密的了。就想答应了算了。但她的脸色还是不很情愿的样子。

浦为全看在眼里，说："初次见面，毕女士若是觉得太唐突了，以后我再登门拜访。我刚想到了一个好的去处，又安静又闲适。人不多，也不少。既可以交谈又比较符合安全的要求。"

毕刀被人窥破了心思，略有些尴尬。听说有这样一个好地方，忙说：“在哪儿？”

“就是这儿——儿童游乐园。我们一块去玩大型游艺机吧！”浦为全掏出钞票，“我请您玩这种很惊险很刺激的成人游戏。”

毕刀再不能拒绝了。

浦为全买了最为昂贵的游乐园通用门票——就是进得门去，不论多么奇妙的游艺机，你都尽可以重复乘坐，再不需单独买票了。浦为全又周到地买了面包和饮料，丢了一份给毕刀，说：“让我们来一次真正的夏游吧。自打我当了总经理，就再没有轻松过。”

正是上午，游乐园里人不多，但也不很少。轻微的喧闹给人以勃勃的生意又不太嘈杂。高耸入云的摩天轮像巨大的水车，缓缓滚动，切割着湛蓝的天空。每一架悬挂的小房子，都像神话布景似的，摇摇晃晃地被送上天穹。有游人的小屋就紧闭着门，不知他们在天空中讲着什么。没人的小屋子的门就虚掩着，好像藏着巨大的秘密。

远处的翻滚过山车，像红色蜈蚣。先是假装镇定地攀爬着，突然一个凶猛的俯冲，然后像气血攻心晕了头，疯狂地来了一个大回环，紧接着又是一个乾坤倒置……游人裂帛一般齐心协力地惊叫，震荡寰宇。

在最忙最乱的时候，居然有机会来玩。真是不可思议。毕刀想。

他们先上的摩天轮。

一座标号为13的蓝色小房子，像一条小鲨鱼敏捷游来。服务生将房门拉开，小房子继续沿轨道弧形滑动，当它位于巨大圆周的最低点时，浦为全抢先，毕刀随后跃入，服务生将房门闭好。

尖顶的小房子里面洁净平稳，好像森林深处供7个小矮人居住的宿舍。面对面的两排椅子，赭色的皮面像岩石一般牢固。

极细碎的咯吱声从靠近轮轴中心一侧传来，提醒你这不是在地上，而是在飘渺的空间。小房子像空水桶，被一种无名之力牵引着，无可遏制地升向高空。

两个人面对面地坐下，四目对视。

“这真是一个谈话的好地方。”毕刀说。

“是的，没有窃听。只要你没带录音机，我们所有的话将随风而逝。”浦为全说。

“我带那个干什么？我们俩的谈话不是纯粹的私人谈话吗？”毕刀这样说。心里还真生出了遗憾，要是带了录音机就好了，可以请先生逐字逐句地分析，有风从栏子铁条的窗户鱼贯而过，使人顿生寒凉。

“我也没有带。我有的时候会带。但今天确实没有，你放心。当总经理有时要生小人之心，这是职业需要。但今天我很坦荡。先说说我的经历吧，因为我对你已经很了解，而你对我一无所知，这不公平，我这个人喜欢公平……”浦为全沉思着说。

蓝色小屋已经升到摩天轮的最高点了。一瞬间，无依无傍，飘荡在碧空之中。

“你是说，你对我所知甚多？”毕刀愈发觉得寒意浓了。

“是的。”浦为全不掩饰地说。

“你雇了私人侦探？”

“不要说得那么耸人听闻。您大小也算个知名人士，打听起来并不太困难。只是要弄清楚你和曹老女儿的关系，费了一些周折。您和曹老看起来素昧平生，其实还是裙带关系。”

蓝色小屋开始下降，浦为全这番话说得很平和。

“我是路见不平，拔刀相助。”毕刀说的是实话。

“不要把自己说得那样清白。”浦为全不屑地摇头。

小屋缓缓下滑，以觉察不到的速度，将他们重新安放回地面。服务生殷切地将门打开，示意他们下来。

“请关好门。我们还要转上去。”浦为全毫无表情地说。

服务生顺从地关好门。用眼睛静静地盯了他们一下，心想这是一对怎样的男女呢？搞第三者吧？神气不大像啊。

毕刀一副悉听尊便的神态。该说的总要都说出来，就像疖肿红了，就要切开排脓。

当小屋里重又是他们两个人的时候，浦为全似乎忘了刚才的话头，随随便便地说：“为了今天和你的会面，我很发愁。不知道穿什么样的衣服好。”

毕刀很好笑。只知道女人们出门好打扮，谁知这样一个其貌不扬的男人也费了心机。她看着这位据说已腰缠万贯的总经理寒酸的行头，说："所以您特意穿戴得像旧社会一样，以求哀兵动人。是不是？"

浦为全即刻反驳："这是我最喜爱的服装，怎么能说像旧社会？不错，我有很多套衣服，各有各的用处。比如会见政界要人富贾大款什么的，我就穿名牌西装，扎几千块钱一根的腰带。我要到印刷厂盯活的时候，就穿工作裤和大背心，有的时候还光膀子。逢年过节给财神磕头的时候，我就穿长袍马褂，像黄世仁的打扮。我想中国的赵公元帅，可能不喜欢西服革履，别惹得财神爷你一烧香他掉了屁股。但所有的衣服里，唯有这套兵团战士服我穿着最自在。所以我遇到非常棘手的客人时，就会穿上这套衣服。"

"这么说，我使你很为难了？"毕刀扬扬眉毛。

"难道你不这样认为吗？"浦为全咄咄逼人地反问。

"是啊。我也棘手。"毕刀承认。双方巨大的裂隙，一旦暴露在光天化日之下，彼此反倒自在了。

"我是来劝说您退出这场角斗的。"浦为全直言要害。

毕大夫全身皮肤陡地收缩，连睫毛都紧张起来。浦为全可不是山楂会长，今天是与虎谋皮。

她极力在脸上安好一个微笑，然后说："事已至此，不可能的。"

浦为全说：“对于商人来说，没有什么是不可能的。当然了，我们现在各为其主，本来是道不同，不可与之谋的。但我想，我们的分歧再大，也比当年的毛泽东和尼克松要小吧？他们都可以坐到一块，我们也可进行极为坦率的谈话。我喜欢‘极为坦率’这个词，我记得是在中美联合公报里第一次用的这个词。您先听我的理由，在我谈完以后，您当然可以按照自己的意思作出判断。”

蓝色的小房子一圈又一圈地旋转着，好像一盘巨大音带上的唱针。一个人的历史渐渐展开。

“借用一句宗教术语，我是一个先知先觉者。您不要瞪眼睛，我是用自己的命运打了一个赌。现在人们觉得出版公司是一只会下金蛋的母鸡了，但几年以前那是一只瘟鸡。我从兵团回到北京，当一个普通的工人，我不甘心。当机会出现的时候，我像狼一样扑了上去。那时候，你们到哪里去了？你们吃着皇粮，在受人羡慕的皮椅子上，把我这样的人视作亡命徒。你们等着看笑话，以证明你们的高贵和远见。我的血液里真的流着流氓无产者的血，宁肯被人打死，不能被人吓死。宁可撑死，不能饿死。所以。我铤而走险，承包了出版公司。我含辛茹苦，这其中的波折我就不同你细说了。总之，我抓住了一个机会，而你们这些自以为是的知识分子，失去了它。现在，你们明白过来了。看到那棵病怏怏的桃树活过来了，开始结桃子了。不但结桃子，还结苹果，结哈密瓜，你们就眼红了，摩拳擦掌地要把桃树抢回去了。为了夺回失去的机会，而且使这次掠夺道貌岸然，显出名义上的公平，他们抬出了你。其实你只是一道烟幕，好戏还在后面呢！”

摩天轮的正轴该上油了，运行得十分沉重。

毕大夫紧紧地闭着嘴。她是怕自己不由自主地半张了嘴，显出鱼一样的惊愕来。

“他们是一个家族，而你是一个外人。我没有想到他们最终走上了家族统治的道路。曹老并不是最厉害的，他的子女也并非穷凶极恶的衙内。但他们看到了这步棋，虽说晚了，还要后下手为强。我可以理解他们，却不理解您——毕大夫。您一个两姓旁人，在这样的激烈竞争里，您想得到什么？您能得到什么？就算有了收益，您分到的是一杯残羹。假若出了问题，一切责任都要你来负。因为您是白纸黑字签名画押的法人……”

浦为全的每一句话，都像燕山雪花，席一般地飘来，搅得周天寒彻。

“可是，我可以就法人一事，同郑玉朗到公证处公证……”毕刀慌忙解释，这是她最后一件御寒的袈裟。

“作为一个操刀的医生，还能想到公证，真不简单。”浦为全由衷地夸赞。但他嗖地话锋一转：“不要把公证想得那么万能。我现在就与你去公证，说你所有的事都由我负责。假若你杀了人，拿出这具公证书，难道就是我去坐牢，你反倒逍遥法外了吗？这是不可能的。法律自有它的威严。”

毕刀被唬得心跳窘急，特别是法人一事，切中要害。但看着浦为全太嚣张了，便镇定精神，冷冷地问：“你既然这么懂法律，为什么承包了不给钱啊？这不是赖账吗？”

毕刀并不是为了给浦为全难看，这的确是她毅然相助曹末生一家，最基本的动因。

“你说得对，只是口气还不够狠。我要是处在你的位置，也许会破口大骂的。您毕竟比我有教养得多。我要告诉您一个秘密。”浦为全仿佛要展示一个宝贝。

毕刀凝神静听。

“出版公司是谁的？是国家的。国家又是谁的？是人民的。人民又是谁的？是大伙的，人人有份，包括你我。我每年给他们交钱，他们想怎么用就怎么用，问过你我没有？这不就成了我既是实际上的长工又是名义上的老财？所以，我不交。我不欠国家的税金，这就不犯法。这几年，我改善了大家的生活，大家都拥护我，不信你可以去做民意调查。听说要换人，他们都说要给新来的人一点厉害看看，怠工！当然了，我自己也赚了一点。为什么我就不该赚？就只有郑玉朗赚是应该的吗？”

毕刀被这一番话说得晕头转向，但还有一点是清醒的，说：“郑玉朗把几年的钱都一次打到协会的账上，毕竟是言而有信的。”

浦为全鄙夷一笑，说：“这个鬼伎俩骗谁？他不过是利用关系，搞一笔短期贷款，钱打过来，把我的权颠覆了。然后再把钱还回去，主人还是一场空，不过成就了他们家族的事业。到那个时候，会有人找你的，因为是你在承包书上签的字。”

毕刀不寒而栗。她既是对浦为全更是对自己说：“曹家他们不会的！”

浦为全一副孺子不可教的神态，说：“他们一定会的。你还不明白这到底是怎么一回事，他们明白。但是我不怕。我有我的关系，有我的势力。我会跟他们干到底的。”

蓝色小屋子又转到了大轮盘的最低点。毕刀不由分说地示意服务生开门，率先跳了下来。

“怎么，不玩了？”浦为全关切地问。

“不玩了。”毕刀说。

“那咱们去坐翻滚过山车吧。在头冲下的那一瞬，你会咆哮。在现代都市的人，被剥夺了咆哮的自由。能自由自在地惊恐万状地咆哮一声，是一种幸福。”浦为全真心相邀。

“我现在一点都不想咆哮。我想安静。我告辞了。”毕刀扶着太阳穴说。

“好。再见。不管您作出什么决定，我都很尊重您，都会奉陪您把游戏玩下去。”浦为全彬彬有礼地说。

晚上，先生很想详细了解谈话的全过程。但是，毕刀没有心绪。“我明天有一台大手术，想好好休息一下，等我手术完了，再说。好吗？”

“不好。手术对你来说，不过是家常便饭。但这个人的出现，却是需要我们当机立断的。”先生很郑重地说。

毕刀不好拒绝，约略地说了说。

“摩天轮在天上转了那么长的时间，就只讲了这几句话？你不要按照自己的理解，压缩了浦为全的话。我想知道他的真实想法。原装的。”先生不客气地说。

“怎么，您一直跟着我？你不是个大忙人吗？”毕刀惊异。

“当然了。自己的妻子去跟一个匿名信的作者会面，我就是再忙，也要保护你的。”先生轻描淡写地说。

毕刀便很感动。她想，这茫茫人海中，谁是自己的亲人？不就是先生吗？抑制着疲劳，将白天的对话原原本本地复述了一遍，恨不能连标点符号都凸现出来。说到最后，倦意袭来，睫毛像刷了胶水。连她自己都挺奇怪：当时精神高度紧张，心弦绷得炸裂，现在怎么松弛得像一张破渔网？

“你说，曹家……能是那……样的吗？”她昏昏欲睡，但还是把这个自认为最重要的问题，吐了出来。

“我们先不要去管曹家怎样想的了。”先生沉吟着说，“这个浦为全，的确是个人物。他说出了一个很重要的问题。”

“什么问题？”毕刀打起最后的精神。

“机会。这是我们最后的机会了。这么多年过去了，我们面对的再不是一张可画最新最美图画的白纸，而是一桌摆满了许多盘盏的桌子。有的盘子只有骨头没有肉了，比如我们的那家工厂。但有的盘子，香气喷喷，大鱼大虾。人民共同积攒的财富，是一块大蛋糕。他浦为全手疾眼快，先用刀子切了一块。郑玉朗不甘示弱，也伸出了他的长把勺子。当然，他现在是假了你的这只手。从名义上看，毕兰是被曹家利用了。但实际上，我们为什么不可在这其中，也伸出自豪的小勺子呢……”说到最后，先生简直就是自言自语了。

毕刀朦胧中惊讶地说：“这么多勺子一起上，蛋糕不是要被私分光了？”

先生不屑地一笑说：“只要蛋糕表面的奶油花还在，没有人会发现蛋糕已经变小。”

毕刀没有再答话，昏昏睡去。

早上起来，先生说：“你有点像熊猫了。”

毕刀知道他不是好话，但不知嘲讽的具体所指，只好问：“哪点像？”

“眼圈。”

唐糯米被推进手术室。她的老汉颠颠地跟在手术车旁边，想嘱咐点什么，该说的话又早已说完，便怕冷似的一口一口哈着气。倒是白被单下鼓着大肚子的女人比较镇静，小声说：“街去吧，看看有甚给孩子买的东西。听说穿针引线的一会儿就完，跟纳双鞋底似的。听说给我手术的毕大夫活计可好了，单是切下的瘤子就有一马车……”老汉说：“是的啊。人都这么说，咱就有救了，手术半截要是麻药劲过了，你可好生忍着。不兴喊疼，别乱了大夫的心……”

两人讲话的时候想彼此看着脸，转动身子，窄的手术车就不易平衡。推车的护士不耐烦了，说：“啰嗦个什么呀，好像生离死别。唐糯米你是全麻，什么都不知道，就像睡一个觉，再出来时瘤子就没有了。放心好了。”

毕刀愿意给病人上全身麻醉。在强制的平静睡眠中，打开病人的腹腔，就像打开一口没有主人的箱子，翻拣腾挪无所顾忌。外科医生讲究的是快捷准确机敏，这些都不是简单的恻隐之心所能奏效的。在手术的全过程中，你越是不把病人当人，越可以恣肆汪洋地操作，成功的把握越大。外科手术不是徒有虚名的漂亮孔雀，它是嗜血的苍鹰。

麻醉就要开始，毕刀最后一次看了看清醒的唐糯米。唐糯米说：“大夫，让您受累了。”

毕刀温和地说：“这是一个一般的手术，待你醒来，一切都好了。”

唐糯米放心地闭上了眼睛。

毕刀戴上淡蓝色的手术帽，淡蓝色的口罩。手术室弥漫着矢车菊般淡蓝色的情调，为的稀释血液的恐怖。

无影灯诡谲地亮着。它并非无影，只是将影子冲淡，好像一杯兑水过多的咖啡，无声地在手术台上空浮动。

毕刀喜欢鲜血的涩甜气。一闻到血的气息，她就像猎豹一样亢奋起来，头脑清晰若冰，指掌运作如风。

但是，今天这一切来得格外缓慢，好像起跑线上的选手，迟迟听不到发令的枪声，进入不了激动状态。她揉揉有些僵硬的手指。疑惑地想，难道医学也像狭隘的情人，容不得半点其他行业的染指？

鸭嘴钳夹着硕大的棉球，消毒皮肤。唐糯米的肚子像一口偏扣的尖锅，坚硬的脾脏肿瘤把皮肤撑得薄而透明。

毕刀擎起手术刀，刀尖在无影灯下烁目地一闪，就溅上了樱桃红的血迹。

刀口平直若弦，张力很大的皮肤像鼓面一样竖直裂开，腹腔仿佛一个外拉过狠的抽屉，脏器哗啦啦摊了出来。

手起刀落，动作翩若惊鸿，谁见了都会夸这是一笔好刀法。只有毕刀心里摇了摇头。

按照以往的惯例，她会更仔细地推敲切口的走向，犹如美女精心描画她的嘴唇。病人手术后还要承担繁重的劳动，怎样才能让刀口走向更合理，皮肤恢复得更平坦？在这个女人以后漫长的岁月里，当她奋力干活的时候，不会叫肚子上的刀疤牵扯出锥心的疼痛？这是一个优秀的外科医生和一个手术匠人的区别。

但是这一次，毕刀没有下一点功夫，用了一个最常规的刀法。没有人能挑剔出什么，天上人间只有她一个人知道，这是对病人的搪塞。

打开腹腔的那一瞬，按照常规毕刀会有意识地后退半步，以躲避人体脏器特有的罡气。这是老医生教给她的，说医生闻了这种气息，会头晕的。但是今天她忘了。

紫褐色的肿瘤和脾脏紧紧地依偎在一起，犹如古树洞里赘生的枯藤。不，那不是枯藤，有强大的血脉供给着它的营养，无数筋络缠绕其上，整个瘤体显出邪恶的波动。

情况比预想的复杂。血管肿瘤和脾脏粘在一起，就像曹老、郑玉朗、山楂会长还有浦为全纠缠在一起……

“给我血管钳……”毕刀对护士说，竭力收拢自己的精神。

分离血管，用钳子夹断血流，丝线结扎。好，切断血管。

手术就是把赘物割除，但是投鼠忌器啊，肿瘤粘连太紧，体积巨大，成功地把它取了出来，可以给自己的学术论文增添光彩……可是假若真的去当总经理，学术论文还有什么意义呢……

“要卵圆钳……”手术越做越深了，像掘一口井。

……但是当医生要比总经理保险得多……天下有很多的总经理，外科医生，特别是好的外科医生可是有数的啊，可总经理的收入高。你要是美国的外科医生，当然就不必想这么多了，但你在中国啊……

“手术剪……”毕刀用戴着乳胶手套的手指，撑开剪刀的双翼，把不锈钢薄而微有弧度的锋刃，送到肿瘤底部。新鲜的血像刚出锅的炸糕，又热又粘，给医生的手一种很舒适的感觉。

唐糯米无声无息地躺在手术台上，好像一床打开的旧棉絮。这是一次短暂的死亡。她是一台残破了的机器，由医生将她修补一新。在这个过程中，她孤苦无助。她的生命细若游丝，拴在给她做手术的这位医生的小手指上。

手术器械护士发现毕大夫今天神色恍惚，不断有小的愣怔打断她迅捷的操作。仔细看去，她露出在蓝色口罩上的双眼，犹疑而疲倦。想起她因为儿子有病已操劳多日了，便十分心疼。但这是手术台上，连一句关切的话也没法说，只有更努力地配合毕刀的手术步骤。

清除了瘤体的外淘，就开始最后的攻坚了。剪去杂芜，肿瘤更加狰狞，好像千疮百孔的礁石。瘤子的根部匍匐在腹腔后壁，似一丛毒蕈。它的要害部位，目力完全达不到，任何仪器也帮不上忙。只有凭着医生指尖精细的纹路和多年积攒的经验，盲人摸象般探索手下的物体究竟是血管是韧带是肿瘤是脏器，还是……？

滑溜溜的一片，到处都是血的泥泞，混沌一片……是啊，哪里是路啊……现在已经陷进去了，要是不干，曹老的面子往哪里放？怎么再见曹末生……那就不见好了……可是先生说这是一个机会，我们最后的机会啊……这到底是血管还是瘤子呢？要是能把病人的肚子扒开来看一看就好了，当然这是不可能的。是血管就要扎住，是筋膜就要剪除……要是能钻到曹末生的肚子里看一看就好了，她真的像先生说得那么有心机吗……

“毕大夫，您的手伸了半天了。到底是要钳子扎血管？还是要刀子切肿瘤？您的手势我看不清楚……”递手术器械的护士为难地说。

今天，毕大夫已经连连打出这种含义模糊的动作，配合多年的护士总算半猜半蒙地对付过去了，没有出差错。但这一回，实在是难以断定。况且这次器械的区别，昭示着手术步骤的趋向，就像一个是水，一个是火，南辕北辙，后果完全不同。护士不敢擅猜，唯唯请示。

手术者的手势暧昧，意味着思维混乱。手伸在半空，好像讨乞，自己也不知到底是什么。护士一叫，毕刀吓了一跳。手术台上走神，就像战场上开小差一样，实在是医生的耻辱。她慌忙掩饰住自己的失态，刚想说什么，忽然一阵昏眩，16头的无影灯突然幻化出32头、64头，以至无数闪光的斑环，白色的手术台像舢板一般摇晃，沾了鲜血的纱布团像桃花遍野怒放，开肠破肚的唐糯米也不再躺着，而是与她平行地靠立在一起……

“毕大夫，您的脸色特别不好，是不是休息一下……”助手是离她最近的人，最先发现了毕刀的虚弱，忙说。

“不。我……能行……”毕刀喘了一口气，竭力控制住自由化的坍塌感。医生做一台手术，就像老艺人雕一根象牙，不到万不得已，是不能易手的。手术是丝丝入扣的事，做到什么地步了，唯有你自己最清楚。要知道这不是平常的活儿，手术单下卧着的是一条喘着气的命啊。

毕刀命令自己全身总动员，精神就像没了电的电池，又放在火上烤了烤，依稀发出微弱的光了。

“真对不起，我刚才没看清楚，您是要钳子还是刀子？”护士委婉地再次提问。

“要……刀子。”毕刀略一踌躇，发了指令。

这就是说，她已确认在唐糯米的腹腔深处，人眼所看不到的那一片沼泽，是肿瘤的粘连纤维。她要用刀，将它最后的刈杀。

刀柄递过来了，准确地落在毕刀半屈的手掌中，位置之适宜，使她可以立即用刀锋刺向任何部位。刀刃像一枚初生的银色柳叶，寒光凛冽，在空气中轻微抖动，发出啸声。

唐糯米静静地躺着，全然不知她的生命之弦就要断了。毕刀把手术刀探进瘤体下部。现在，几乎看不到刀柄了。酱色的肿瘤覆盖了刀子，刀子还没有使用就已裹满血浆的粘液。

毕刀聚集精神，最后地触摸了一下她就要下刀的部位，那里像坟场一样深奥。她竭力排除干扰，停息了片刻，最终判定那是肿瘤的边缘。她屏住一口气，右手紧紧地捏了刀，左手指艰难地在一片血液的滑腻之中，引导着刀片尖弧形的前端。

好了，就是这里了。她右手虎口猛地一紧，全身精力灌注到手指的方寸之地，刀锋以雷电之热劈杀下去，她感觉到金属在活体中横行的快意。巨大的瘤体像被砍断了一只脚的怪物，趔趄不止。

这是最后的分离。患部与健康。应该像橘皮与橘瓣一样相互脱落，腹腔驱走了强盗，重新打扫干净…

预想中的情景没有出现。

在一个短暂的空白之后，无数的鲜血像马群一样奔腾而出，沸腾的血泉喷涌四溅。唐糯米敞开的腹腔顿时注满红汁，顷刻之间形成一个血湖泊。浓烈的涩甜气息，狼烟般笔直地冲向手术室天花板。病人的血压带着呼啸飞速下降，心跳微弱得如旷野的磷火

手术中最可怕的大出血！

毕刀误伤血管。

手术室里渺无声息，好像人们在一瞬间全都死去。久经沙场的护士和助手将巨大的惊愕困锁喉头，等待主刀医生处理灾变的指令。

血使毕刀空前地清醒了。行医多年，这是她最严重的一次失误。她在台上，当然遇到过更凶险的境况，但那多半是因了病人自身的重笃而导致危难。她还是第一次以自己的疏漏，将一条生命推入深渊！

不应该啊！焦焚与悔懊煎灼着毕刀的心，但她依然是冷静的。她的手还潜在病人的脏腑深处，距离那根突突冒血的管道很近。现在不是检讨自身的时候，救人如救火，她必须挽狂澜

于既倒！

加压输血。

开辟第二液路。

开动吸引器，清除腹腔积血。

注射强心药物。

毕刀使出浑身解数，横刀立马，惨淡经营，刀光血影，殚精竭虑。一道道的命令，自毕刀嘴里发出，整个手术室陷入紧张压抑的忙乱之中。大瓶的鲜血像小孩饮矿泉水一样，咕咚咚灌进了唐糯米的机体。

唐糯米始终沉睡如泥，不知道自己曾被装进死亡的黑色斗篷。

她要为这些鲜血付出一大笔药费。

毕刀终于抢救回来唐糯米的生命，并坚持着把病人的手术做完了。她靠着无影灯冰凉的灯柱说："请给我擦一下汗。"

巡回护士灵猫一样地跑过来，用蘸着盐水的大纱布垫，轻试毕刀的额头。医院的擦汗也像擦血一样，不是抹，而是轻轻地贴附在湿处，靠纯棉纤维把液体吸走。尽管出了这样大的事故，护士仍然尊重毕刀。

毕大夫的额头铺满了汗，好像那里降过一阵冷雨。

毕刀说："谢谢。"然后，护士就接到了一个倾倒的白色影子。毕刀昏厥在手术台前。

唐糯米的老汉早就觉得，这屋里的事，不对头。一瓶瓶鲜血往里送，所有的人都面皮绷得紧紧。问谁谁都还不说。

他实在忍不住了，劈头抓住一个护士，黑黑的手指甲深深地掐进了护士的白工作衣。

“你说，说我婆姨怎啦？她是不是已经不在人世了？你说啊！”

小护士被刚才唐糯米的情形吓得够呛，也没敢计较老汉的粗鲁。只是揉着胳膊说：“她的瘤子太难做了，像一个章鱼粑得那么紧。大出血，幸亏毕大夫医术高明，这才救了下来。你老婆的命总算保住了，瘤子也切了。”

老汉双泪直流，哽咽着声说：“毕大夫是菩萨！”听得里面依旧不安宁，不放心地说：“你不是骗我吧？”

小护士叹了一口气说：“现在是抢救毕大夫呢。”老汉吓了一大跳，说：“医生自家也会生病？”

小护士知道毕大夫的情形不要紧，不过是累的。也不愿意听这话，就说：“瞧你说的，医生也吃五谷杂粮，不但能病，还能死呢！”

老汉就捂着脸，呜呜地哭起来。毕刀被人搀着，虚弱地走出来。本来人们是要她躺在手术车上的，毕刀坚决不肯。听见老汉哭，就停下脚步，温和地说：“你不要哭了。你的婆姨没事了。所需的医药费，我替你出。”

老汉的膝盖就要发软，毕刀疲倦地摆摆手，说：“你应该骂我。”

小护士跑过来说：“毕大夫，您手术的时候，有好几个电话找。好像是一个女的，两个男的吧。都说有急事。”说完，又饶舌地补充，“那个女的就是上次说发财的那位。”

毕刀说：“我刚用了镇静剂，现在要到值班室休息一下。再有电话来，你们就说我睡了。”

小护士说：“知道喽。”突然又想起来问，“要是您的先生打来的电话呢？”

毕刀说：“也这样讲。一切等我醒来再说。”

银牦牛尾

缺氧。周云墨爬上十步棋哨卡主峰。心脏随着憋喘加深，不断跳跃着上移，最后干脆蹦到了太阳穴下。喉头发腥，好像刚刚吞了一条开腹的鱼，满嘴都是边缘锐利的鳞。

终于啊！钻出坑道。由冰雪蒸发而成的卷云，穿着阳光镶边的羽衣，擦着周云墨脚踝翩然而过。阳光从头顶垂直泼洒下来，万丈金焰却不敌高原奇寒。撕心裂肺的冷风，在中途把光线吹歪，攫掠所有热量。眼睛看到的是暖，身上却是一棱棱的刺痛。

交叉的皮带把周云墨勒得如同蹩脚的粽子。在平原穿单衣时，柔如水波的美人肩，此刻在棉袄和皮大衣中臃肿地倾斜着。红十字包右肩左挎，牛皮箱里挤满了玻璃瓶。五颜六色的药片和水剂葡萄糖针，陨铁一般沉重。一把乌黑发亮的手枪，左肩右挎，悬挂在右腹腰相交处，伸手可及。看起来似乎左肩负担稍轻，其实这一侧才是要害所在。国境线上，子弹上膛，随时可以击发。万一走了火，骨盆就会被穿个透明窟窿。

十步棋是距国境线最近的哨所，据说不刮风的夜晚，可以听到对面守军的梦话。这里是未定国界，在世界地图上以虚线点断。如果士兵不坚守，你后退一寸，对方就有可能趁机推进一丈。犬牙交错步步紧逼，到了真正划定边界的那一天，如果以双方实际控制线为准，这里就会插上他人国旗，国土就缩水了。雪山之上，士兵，就是界桩。

哨所只有几十个人，人多了，给养送不上来。没有菜，经年累月吃脱水洋葱。那是一种菲薄的半透明屑状物，如同闺怨女子黄昏时剪下的苍白的甲。以雪水泡发了熬着吃，有败絮一般霉而晦气的味道。病了，没有医生，全靠卫生员小邵疗治。关节红肿，小邵就糊伤湿止痛膏。如果还烧灼难忍，就揭下膏药，再贴一张。再不见效，就加上一个热水袋。如果你感冒发烧了，小邵会给你吃阿司匹林，喝开水，盖三床棉被。同样用那个热水袋，只是这一次塞进雪，敷你额头。小邵有很多热水袋，对付一个班的高烧和腿疼绰绰有余。如果病号脑袋还烫得像炭火盆，小邵就使出最厉害的一招，给支队卫生股发电报，向医生请示下一步该怎么办。电波飞越层峦叠嶂的雪山，到了通讯站，被滴滴答答地接收下来，然后送到机要股破译。医生了解了十步棋哨所病人的状况，口述医嘱，再由机要员填写回复报文，把刚才的程序反过来执行一遍……若干小时之后，望眼欲穿的小邵就接到了救命指示："立服磺胺。加倍。无效，加服三倍量土霉素。再无效，注射超大剂量青霉素……”电文戛然而止。

删节号之后是什么呢？没人说，但大家心知肚明。如若这些措施都不顶事，有一个地方肯定包治百病——烈士陵园。

卫生股分来几个女兵，豆蔻年华。附近连队的小伙子们鱼贯就诊，患病率大增，仿佛洁净的雪山上陡然闹起了瘟疫。有人实在没有什么毛病，就说胸闷，要求照个X光。险恶的高原疾病都以胸疼为第一症状，医生们不敢掉以轻心。于是透视单子满天飞，仪器烫得能烤土豆。卫生股长火了，决定让姑娘们分头下到边防站巡诊，好让自己耳根清静，机器也能喘口气。主管思想工作的协理员，斟酌说：“这，恐怕不妥吧？”

脑外科出身的股长说：“有什么不妥？女人也是兵，男人守边卡，女人就不应该上前线了吗？外敌入侵，烧杀奸淫，最起码有两条是专门针对女人的。剩下那两条，女人也脱不了。”

协理员说：“我不是那个意思。这算不算把危机转嫁到基层？”

股长说：“这不是危机，是良机。难得见到女人，就对女人过敏。一个边防哨，就那么几十号兵，就算再稀罕姑娘，近在咫尺不错眼珠地围着看上几天，也就见怪不怪麻木了。这在医学上，叫做脱敏。”

协理员不是学医的，打趣道：“你就不过敏吗？”

股长说："她们是咱的兵，过敏就是犯错误。我下个月探亲了，回家脱敏去。"

听说要来女兵，十步棋边防站的炊事班把黑黢黢的大铁锅抬到冰河里洗刷得放出蓝光。士兵们把预备探家相亲时才用的新领章提前拿出来，粗针大线地钉在葱绿军衣的领子上，像翠叶托着两颗熟透的草莓。第一个人这样装扮的时候，还有点不好意思，怕别人说自己骚情。不料看到的人马上依样画葫芦，生怕女兵来了只瞅那一个光鲜的，冷落了自己。

总之，绿的更绿，红的更红，大铁锅更黑，四周的冰山也更银亮了。周云墨到后，以为此处一直是这样干净和精神勃发的，就说："其实哨所也不是很苦的。"

大家抢着说："不苦。一点也不苦。甜着呢！"

周云墨要求到1号哨位巡诊。那是哨所的制高点，俯瞰着对方的营地，山势狞恶。

站长说："今天当班的是丁雨籽和小邵。小邵自己就会看病，你不用上去，山高雪滑，危险。"

周云墨不服，说："我不到1号哨位，就不算到了国境线啊。"

站长说："咱脚下就是国境线。你以为国境线像铅笔描的那样细吗？国境线很粗的，有的时候是一条大河，有的时候是整座山脊。"

周云墨说："可我还是要到1号哨位。我要亲眼看看敌方的哨所。”

站长对姑娘没办法了，说：“好吧。你就沿着战备坑道往上爬，半个小时以后就到了。对了，男的用半个小时，你恐怕得40分钟。”

为了让站长的藐视落空，周云墨手脚并用，爬的格外快。当她以38分钟到达1号哨位的时候，几乎口吐鲜血。

丁雨籽和小邵在环形碉堡前迎候她。

“你……们……怎……么……知道我……要上来……？”周云墨气喘吁吁。丁雨籽不说话，笑笑，用手指了指蹲在瞭望孔旁的步话机。这个表情让丁雨籽嘴角上翘，血珠从上唇滚出来，一滴落在下巴上，像一颗红痣。一滴索性坠到地上，立时成了红冰。周云墨吓了一跳，说：“你的嘴唇负伤了。”

小邵见怪不怪说：“那是因为缺维生素，嘴唇裂了口子，长不拢。他看到你傻笑，裂的更深了。”

周云墨赶紧打开红十字包，说：“我给你拿药。总后勤部新发下来的六合维生素，比四合的多了两种。一片含的维C，相当于6个橘子。”

小邵咂吧着嘴说：“6个橘子？喂大象都够了。”边防站还没有装备这样浓缩的先进药片。

丁雨籽小声问：“橘子？”他的家乡在西北深山里，从来没听说过这玩意儿。

周云墨刚要解释，小邵说：“橘子就是一瓣一瓣的小苹果。

黄色的，有皮。虽说你们老家要啥没啥，野果子总长吧？”

周云墨觉得这不是戏弄人吗？刚要纠正，小邵朝她眨眨眼睛，意思是反正跟他也说不明白，不如大家少费唾沫。

丁雨籽很羡慕小邵当着女兵居然敢乱忽闪眼珠，能说会道，而自己像个红嘴巴野兔，自惭形秽不再向前。小邵领着周云墨观看地形：“喏，那就是对方哨所，晚上可以听见他们磨牙。像下跳棋，走10步就到了，所以成了哨所的名字。”

周云墨战战兢兢地看着半山腰建筑物上的射击孔，说：“他们会打冷枪过来吗？”

小邵叉着腰回答：“边防斗争并不是孤立的，服从于整个国际形势。他们是雇佣兵，要是没有上面的死命令，不会贸然动手。他们还要挣钱养家糊口，胆小呢！”

周云墨佩服地说：“你好像总政治部主任。”

丁雨籽很想说点什么，找不到地方插嘴，好不容易寻到一个机会，说：“电话响了。”

凝神静听，呼啸的山风中，果然碉堡内有尖细的铃声。一行人赶紧跑回去，是站长呼叫小邵。小邵对着听筒立正道：“是！我一定用最快速度赶到。”

放下听筒，小邵对丁雨籽指示：“我回站看一个急病号，阵地就交给你了。”

丁雨籽和周云墨同声问：“怎么了？”

小邵说：“急症。站长让我马上下山处理。”

周云墨说："那我和你一起去。"说着把刚才放在一边的十字包重新上肩，至于手枪，原本就一直挎着，边境线上，人不离枪，枪不离人。小邵拦住她说："你不用下。那人是老毛病了，疝气，大腿根儿鼓起了一个包，里面是肠子。你去了他会害羞。"

丁雨籽说："你带着她一块下去吧。这里我一个人就行，人在阵地在。"

小邵说："那不成。1号哨位按规定必须要有两个人执勤。要是只留一个人，你被冷枪撂倒了，谁给祖国通风报信？你们必得坚守在这里。等我回来，周护士才能下山。"说着他匆匆沿着坑道跑远了。小邵这番布置，自有私心在里面。他拒绝了站长另派一个哨兵接替的主意，决定速战速决。给小肠疝气的大腿根，垫上几块大纱布，再狠狠裹上三角巾，把膨出的肠子压回去，自己就能尽快返回哨位，和周护士再说会儿话。

哨位上只剩下丁雨籽和周云墨。这里是世界上最荒凉的地方，最孤独的地方，最安静的地方。

丁雨籽把裂着口子的嘴唇抿得紧紧。如果周云墨不开口，丁雨籽打算就这样待到地老天荒。周云墨说："你叫什么名字？"

丁雨籽说："丁雨籽。"

周云墨扑哧笑出来说："一个人怎么能叫鱼子？"

丁雨籽只好解释："不是鲤鱼的鱼。一横一竖的丁，下雨的雨，西瓜籽的籽儿。”

周云墨继续笑：“下雨还要有籽吗？”

丁雨籽奋起捍卫自己的荣誉：“云就是雨的籽。白云不是，乌云才是。世上万物都是有籽的，咱们就是祖国的籽。”

周云墨听得目瞪口呆，看起来如此木讷的战士，居然把自己的名字研究出哲学的味道。父亲是大学哲学老师，周云墨习惯把引起自己敬佩的东西，都归诸哲学。

又是长时间的沉默。边境线上的风，霸道扫过，抽打着每一寸山脊。重重叠叠的山在鞭笞下做出不同的表情，有的在沉思，有的在接头接耳，有的一往情深地仰望着太阳。更多地在假寐，酝酿着一场雪崩。

许久。周云墨只好再开口：“你为什么不问问我的名字？”

丁雨籽说：“我干啥要知道你的名字呢？你又不是我家亲戚，我以后也不会给你写信。我和你有啥关联呢？”丁雨籽说这些话的时候，眼睛盯着山下的敌方哨所，在总参谋部下发的蓝色边防观察日志上记录了时间，然后一笔一画端端正正写下：“一切正常。平安”。

周云墨一本正经道：“我的名字和你还有一点关系呢。”

丁雨籽丝毫不为所动，断然说：“不会。咱们没关系。”

周云墨觉得有些委屈。这些天来，无论下到哪个边防哨所，都被众星捧月呵护着。战士们火辣辣的目光，看似无意却是事先策划好的路边偶遇……借着打针之际，让女兵抚摸一下臂膀，虽然充满了碘酒酒精的辛辣气和让人战栗的冰冷感，都会让男子们久久回味。像刚才小邵的饶舌，没话找话，才是正常反应。这个丁雨籽，怎么这样孤傲？难道还要女兵求着跟你说话吗？

周云墨的好胜心被撩拨起来，她说：“我叫周云墨，就是你说的能下雨的那种乌云。而且我还姓周，意思是到处都是乌云。你这个雨籽，就在乌云的包围之中。”

丁雨籽没想到话头朝这个方向发展，挠挠耳朵，说：“我家十年九旱，天上都是乌云的时候，打小就没见过。”

周云墨只好掉转话题：“还有什么好玩的地方，领我看看。”

说到哨位，丁雨籽来了兴致。拿起望远镜给周云墨：“你看他们！”同时把另一副望远镜按到自己眼眶上。周云墨趴在瞭望口，半张着嘴，凝神瞅去。

“他们也在看咱们呢！大胡子排长刚刚刮了胡须，哈！这家伙不小心，下巴割了三道口子……他们早上吃的是咖喱饭了，下士的嘴角有黄油渣呢……”丁雨籽热络地说，像在品评邻居。

周云墨美丽的眼珠瞪出了酸泪，还是雾茫茫一片朦胧。“咦！你给我的望远镜是坏的！”她又急又恼火。

“不能吧？望远镜要是出了毛病，交班记录一定会记下，这是咱的第二杆枪，哪能含糊！”丁雨籽也摸不着头脑。“要不，咱俩换换！你用我这个，我看你的。”丁雨籽说着，就把自己的望远镜摘下来。周云墨戴上了丁雨籽的望远镜，还是一片混沌。哪有什么脸颊上的刀口和咖喱酱？唯一有变的是望远镜上沾着丁雨籽刚刚呼出的热息。

丁雨籽说：“镜子好着哩！我都看到上等兵脖子上的金项链一闪一闪啦！”

两人又把望远镜调换回来，结果还是一样。无论哪个镜子，在丁雨籽眼眶上，明察秋毫。轮到周云墨佩戴，就云山雾罩。难道说望远镜也跟老马似的，认生，不肯为新主人效力？

丁雨籽突然道：“周护士，你眼神咋样？”

周云墨警惕反问：“啥意思？问这个干什么？”

丁雨籽说：“上回有个首长来检查，也说看不清，后来才知道首长是老花眼。莫非你也老花了？”

周云墨忿忿说：“呸！我才多大年纪就老花了？我是近视眼。”

丁雨籽说：“那你是怎么混进革命队伍的？我们站上的兵，眼睛都好着哩，10里地外的藏羚羊，一眼看出公母。”

周云墨不敢再说什么。她是背好了视力表字母的开口方向，才侥幸入伍的。一直都瞒得天衣无缝，不想被这个土得掉渣的乡下兵识破。她给自己找个台阶：“好了，我不看那些鬼子了。我看看大自然。”心想，山峦都是大而化之的，没有那么精细，近视眼也无所谓。

丁雨籽说："不怕，这仪器精密着呢，可以调。只不过我们眼睛都好着呢，从来用不着这功能。"

丁雨籽凑过来帮周云墨调整望远镜的焦距，两个人离得很近，呼吸就汇聚成同一股白线，袅袅上升，飘到高处，变成一朵小小的白云。

快乐是令人暖和的。

终于调试成功。周云墨双手端着望远镜，贪婪地看着周围的一切。那些银箔一样的冰山，其实并非铁板一块，对了，正确地讲，并不是银板一块，而是有很多咖啡色的缝隙纵横交错。缝隙中，填满了赭色的沙石，它们是山的往事，标志着山系的沧桑。她企图在万千缝隙中找到一丝植物的信息，一叶草，甚至一朵花。残骸也行。然而，根本没有。这里是生物禁区。

周云墨不死心，仍旧顽强地搜寻着。太阳升得更高，冰山显得不可一世。它们蕴含着光明正大的危险，保持着开天辟地时的姿势，慈悲地端坐在那里，充满了大智若愚的慵懒。突然，周云墨看到了一个跳跃的黑点。她刚开始以为是一只喜马拉雅鹰在翱翔。

山这样高，鹰要去做什么？

定睛一看，这活动黑点的背景并不是蓝墨水一样的天空，而是黯淡的山岩和丰饶的雪原。随着焦距的调整，它不再是一只飞禽，而越发显露出走兽的特征。它庞大的身躯下，有4只漆黑而矫健的蹄，周身披着白缎子一般闪烁的毛发。由于距离太远，无法估计其长度，躯体足有4米多吧？靠近脖子处，有一个明显的隆起，如同积雪的山脉。鬃毛被狂躁的风芒卷起，翻飞荡漾。硕大头部上方，一对昂扬的角，如同弯月，直刺苍穹，在某一个特定的角度，发出金属一样的闪光。

“我发现了一个怪物！”周云墨急忙拉丁雨籽朝这个方向看去，芬芳热气直扑到丁雨籽耳根。

丁雨籽的脖子灼热难耐，好像被马蜂蜇了。他赶紧胡撸了一把，安抚了那块痉挛的皮肉。“喔，这是拔鲁。”丁雨籽口气亲密。

“拔鲁是谁？”周云墨迷惑。这样的回答等于没说。

“拔鲁是野牦牛王。我们有时看到它，还有它的婆姨——乌合。”见了老熟人，丁雨籽话多起来。

周云墨对婆姨更感兴趣，问道：“乌合在哪里？”

丁雨籽说：“乌合应该就在不远的地方，它们恩爱呢！等我找找看啊……对了，就在那里！你往拔鲁的右前方约45度角300米处看……”

周云墨把望远镜调整了半天，才找到那条母牦牛。它是纯黑色的，体型稍小，浑身上下仿佛刷过柏油，如同奇大的黑玛瑙，熠熠生辉。周云墨甚至看到了它的眼睛，长而弯翘的睫毛，眼珠大而稳定，带着满足和婉顺。

周云墨忍不住说：“太美了。”

丁雨籽说："你说谁？"

周云墨说："说它们俩。也说这些山河。"

山河果然是美丽非凡。雪山有一种高贵的单纯，静穆而博大。它们庄严缟素地沉睡了亿万年，在这一刻醒来，披珠光宝气的冰雪缀成的衣，光焰灼灼。牦牛是它活动的双眸，一只威猛，一只安详。

风把细细的沙和冷冷的雪粒扑到周云墨的军衣上，好像镀上了斑驳的纹。丁雨籽说："回吧。不然会冻僵的。"

周云墨恋恋不舍，说："那它们呢？"

丁雨籽脑子慢："谁？"

周云墨说："拔鲁和乌合啊！"她把望远镜最后一次对准那两头野牦牛，它们已聚到一起。不知道是不是有所感应，牦牛朝这个方向晃动巨大的头颅，颔首不停。然后它们缓缓地移向冰川，走到浩大的冰河前，拔鲁突然踉跄俯卧，好像被无声的炮火击中。周云墨惊叫，丁雨籽赶紧执镜瞭望。

拔鲁不停地在冰河上翻滚。距离太远，听不到声音，但从溅起的巨大冰块，可以想见惊天动地的破裂。拔鲁像巨轮沉没，长长的银色鬃毛和冰雪融为一体，庞大的身躯在淡蓝色的冰水中渐渐隐没，它的妻子紧紧跟随，有一种夫唱妻随前赴后继的英勇……

周云墨痛不欲生："天啊，它们淹死了……"

丁雨籽放下望远镜，成竹在胸地说："它们是高原之舟，根本不会淹死。今天太阳不错，它们是去洗澡，凉一凉自己的血。它们用身子先把冰河压出一个窟窿，然后跳下去，互相击水，耍够了才会上来。”

周云墨听得浑身打哆嗦，再用望远镜看去，拔鲁和乌合已没了踪影，只剩下一对弯弯的角。她抱着双肘说：“太冷了。回碉堡吧。”

小邵已经回来。悻悻地问：“你们到哪里去了？”丁雨籽说：“看拔鲁和乌合。”说着拿出边防日志，开始记录。

周云墨看出小邵感到有点被冷落，赶紧和他搭话：“野牦牛能活多少年呢？”

小邵说：“别的牛咋样，不知道。从边防日志的记载看，拔鲁已经活了20年。如果不打仗不出意外的话，它起码还能活20年。”

周云墨惊奇：“边防日志还要记一条牦牛的寿命吗？”

小邵为了补上自己半天没和周护士说话的损失，滔滔不绝道：“如果野牦牛不按常规活动了，可能表示边境上有了情况，也许要燃起战火。方圆几百公里都没有人烟，记录野牦牛，是职责也是快乐啊。”

天渐渐暗了下来，高原上，群峰夹峙，朝阳一出来马上苍老，变作夕阳。

周云墨要下山了。两个哨兵为她送行。丁雨籽突然忸怩地说：“周护士，你可以站到那块石头上吗？”

周云墨不解。“为什么？”那是哨位旁的一块山石，表面光滑，像一枚巨卵。小邵明白丁雨籽的用意，说：“如果你觉得危险，就不用上去了。”

周云墨说：“有你们在，我一点都不觉得危险。”说着，就要站过去。丁雨籽说：“等一等，周护士。”他拿出一柄长长的拂尘。灰白色的，根根如铁丝一般光滑坚挺，甩动起来，沙沙作响。

周云墨十分惊奇，说：“这好像是南海观音作法时的家什。边防军人还用这个吗？”

小邵说：“这是牦牛尾巴做成的拂尘。每当我们站在哨位上的时候，都要把身上的尘土掸净，绝不能带着咖喱酱，那就给国家丢脸了。”

牦牛拂尘打在脸上的时候，有一种痒痒酥酥的感觉，好像一只巨手摩挲着你。拂尘铺到身上时，弥散开来，如烟如雾。灰尘被毛发摩擦的静电吸附而去，留下清水般的洁净。

“可以了吗？”周云墨问。可惜这里没有镜子，她看不到自己的姿容。

“好了。”两个年轻男子仔细端详了一番，表示批准了女兵的仪表。

周云墨走到那块石头边，艰难地站了上去。风很大，石头有轻微的摇晃，让人有隐隐的眩晕。“不用怕，它已经摇晃了几万年，从喜马拉雅造山运动开始的时候，就摇晃了，一直到今天，还是稳稳的。”小邵在下面喊着。

周云墨点点头。她很想回答他们，但是风戗着她的嘴，如同冰冷的毛巾堵住了喉咙，她启不开唇。丁雨籽说：“周护士，有一件事可以和你打个商量吗？”

“什……么……事？”周云墨背过身避开风头，万分吃力地回应。

“你可以摘下帽子吗？”丁雨籽充满期待。

“为——什——么？”一阵狂风袭来，周云墨微弱的声音断裂成几截。

这次，两个男兵异口同声：“好看！”

周云墨把皮帽子摘了下来，拆掉皮筋，绑成一束蜷曲在帽中的长发，被飓风解放，发丝如同生命强悍的黑瓣雏菊，猎猎作响着向四处蜿蜒。风梳理着它们，把千丝万缕纠结成几束，如同章鱼的臂膀，猖狂地怒放在冰雪之巅。群山目瞪口呆，白冠的头悄然低下，想着自己千万年的经历中，这情形从未见过。

周云墨向远方张望，万籁俱寂。在一片银白色的反光中，她居然用肉眼看到了乌合和拔鲁。它们果然在冰河中嬉戏，如同黑袍侠士在练习搏斗。还看到对方哨所中云母般的点点闪光，那是望远镜的镜片吧？

下雪了。雪是有生命的，每一朵雪花都是外表优雅而内芯精雕细作的工艺品。雪的父母是铅色的云和肆虐的风，粗粝而沉重。但它们的女儿却出落得如花似玉风情万种。

四面合围而来的冰寒气息，让周云墨的每一根骨头都像钢轨一样冷硬笔直起来。在全身冻僵之前，她及时回到了碉堡中。小邵拿起拂尘，帮周云墨掸掉身上的雪沫。周云墨揉着没有知觉的腮帮子说：“还有吗？”

“你是说它？”这一次，丁雨籽犹如神助，一下就猜中了周云墨的心思，抖抖手腕。

“只有死了一头野牦牛，人们才会得到一支拂尘吗？”周云墨偏着头猜测。

“基本上是这样的。”小邵凑过来回答。

“有点残忍。”周云墨估计自己永远不可能得到拂尘了。

“这并不残忍。你知道，野牦牛升天之后，它的魂魄就居住在尾巴里，化作了星辰。拂尘一动，野牦牛的神力就传到你身上。这支牦牛尾就是老乡送来的，期望着我们成为天兵天将。”小邵很严肃地说。

告别的时候终于到了。丁雨籽在边防记录上埋头写着什么。周云墨说：“今天这里很平静啊，你为什么写了那么多？”

小邵抢着说：“他以前在家里不识字，到部队才摘了文盲帽子，最爱写写画画了。生怕不写就忘了，没文化回家娶不到老婆。”

周云墨说：“让我看看你都写了什么？”

丁雨籽用生着冻疮的手掌半遮着日志，说：“字不好看。”周云墨抢过来说：“我又不是老师，看看也不打分，你不用害怕。再说，今天我也是守防战士，这上面我也有份。”她把边防日志拿过来，因为结了冻，封面有点滑，好像一块半熟的猪皮。她翻到当天的纪录，上面写着：“女兵到了边防线，站在哨位上，敌方也观察到了。他们很吃惊，猜到上级对这里很重视，很关心……”

周云墨什么也没说，她以前把边防日志想得很神秘，原来，不过如此。

她与小邵和丁雨籽告别，下的很远了，回头望去，两个人还看着她，好像两块绿色的冰。

他们从此别过，永无相见。

几十年以后，早已回到城市里的周云墨，在温暖的家中，突然收到一件包裹。那是一个木匣，做工很粗糙，涂着本色的漆。木匣内，是红布包着的一个不规则形状的物件。她狐疑地抖开红布，露出一柄银光闪闪的牦牛尾，仿佛万把钢针攮到了一处。挥舞起来，一片白光平地而起，一如仙人之帚扫荡星辰，凛冽寒气呼啸而来。

木匣中有一封简短的信，说他们是十步棋的官兵，年年的边防日志中都交代着哨所曾经来过一个女兵，希望得到一柄拂尘。

周云墨轻抚银丝，知道拔鲁到了。

女人之约

郁容秋的病危通知，快下班的时候送到工厂医务室。

医务室负责人兰医生，把握不准把这悲痛的消息，是立即上报还是等到明早上再说。

按说该早点报上去。毕竟是辛苦了一生一世的职工，到老了死了，领导要去看看，叫去的安心，活着的心里也温暖。但这个时机很难把握，报得早了，死或不死还不一定。医院里负责任，常常未雨绸缪，领导兴师动众地去过了，最后病人又全须全尾地复了原。出院后在厂门里碰上了，两下里都不大自然；病人觉得自己没死，劳驾了那么多领导，挺对不起人。领导嘴上不说什么，心里怪医务室谎报军情。若是信送晚了，领导三脚两步赶到，病人已进入弥留状态，瞳孔散大得连人影也辨不清了，拉着领导的手直叫自己小儿子的名，自然也是医务室的失职；最好的时机是病人回光返照的时刻，头脑清晰，思维敏捷，面色和善，双目炯炯有神，放射出智慧的光芒。而且格外健谈，充满了对世事的深刻洞见。古人曰人之将死，其言也善，指的就是这种时刻。

只是这个火候很难把握，跟战机似的，稍纵即逝。判断一个人什么时候死，比判断一个人什么时候生困难多了，没有任何公式可以遵循。

生死不由人。兰医生是一位负责的医务工作者，她决定下班后不回家先上医院，一来是要当好领导的参谋；二来她很想看看厂里这位最美丽的女人，如今病成了什么样子。

已经过了探视时间，传染病医院里充溢着古墓般的荒凉。裹着棉大衣的老人从幽暗的拐角处发出不许探视的警告。兰医生出示了病危通知书，这是最好的通行证，她所向披靡。

郁容秋住高干病房。入院时医院床位极紧张，厂长指示：一定要不惜一切代价挽救病人，要血有血，要钱有钱。

护士小姐敲着病历说：“只有高干病房还有空床。高干们吃的是国宴，卫生条件好，自然很少得传染病了。只要你们付得出房钱，普通人不是传染病也能住。”

陪同郁容秋住院的兰医生，想起了厂长的指示，毫不犹豫地接过了入院登记表。姓名年龄籍贯这些都好填，唯有是何种干部级别这一栏犯了难，无论多少房钱厂里可以不在乎，但任命一个高级干部的事，兰医生想别说是自己，就是叱咤风云的厂长，也得顿挫一下。

“你现在是多少级？”她问蜷在一旁的郁容秋。

“四……四级。”郁容秋的脸上像涂着没有搽开的增白粉蜜，寒霜一片，眼圈黑得像盖了两枚墨色图章。头发像京剧里的青衣，一缕缕被冷汗粘在额角，惨白的嘴唇嘶嘶吐着气：“四级。”

“填四级可不行，这也太高了。文革以前，一个华东局中南局的书记还不够四级呢！虽说瞎填呗，也得差不多。”小护士瓦片形的白帽子，因为晃动，像蝴蝶花似的颤抖着。

兰医生知道郁容秋的四级是确有其事——她是厂里的普通四级车工。

“能住你们这儿的最低级别是多少。”兰医生问。因为下垂得过久，蘸水笔尖聚起一滴椭圆形的墨水，根蒂部正在瓶颈般地变细，墨水滴渐渐变成饱满的鸭梨形，颤颤巍巍地闪动着柏油似的微光。

“怎么也得十级以内。”护士小姐毋容置疑地说。

兰医生给郁容秋填了一个九级，相当于“文革”前的厅局地师级。

这是一间很大的病房，有吊灯、冰柜、遥控彩电……洋红色的地毯冲淡了医院里惯常的萧瑟之感，带来轻微的暖意。甚至气味都不是令人自惭形秽的消毒水味，而是像栀子花一样淡淡的幽香，像大宾馆豪华的客房。

郁容秋侧卧在半摇起的特制病床上，床旁的地灯像一支金笔，勾勒出她尖峭的身影。肩胛骨像倒竖的铁锨一样锋利，颈子像用灰白的铁丝编织而成，看得见一根根粗细不等的脉络。唯有裹在蓝条纹病号服里的双腿，仍旧是笔直的。由于宽大服装的遮掩，看不出瘦弱，仿佛一段美丽的桦木。

兰医生准备了满腔的怜悯，她预备看到一个被疾病折磨得濒死的妇人。劝慰和同情，像瀑布一样壅塞在她的齿间。

听得门响，卧床的女人吃力地转过身来，兰医生惊骇住了。

郁容秋像年画一般艳丽，面颊白里透红，双唇晶莹闪亮。翘起的睫毛像蝴蝶的触须一般轻盈颤动着……

哪里有这样美丽的垂危病人？！这尤物般的女人难道会死吗？兰医生立即想到这是郁容秋同医生做了手脚。这个女人，什么事情办不成呢？

她家住在兰医生楼下。也就是说，她的天花板就是兰医生家的地板，是近邻了。但兰医生从不跟郁容秋打招呼。一是大家搬到这楼里不久，并不熟悉；二是这女人的名声很坏，外号“大篷车”。

“大篷车”很妖媚，是那种眼睛能抛出绊马索的女人。兰医生上楼的时候，亲眼见过她领着陌生的男人在开门。楼道不宽，“大篷车”正从精致的乞丐包里往外掏钥匙，男人脸朝墙壁，身子侧向一旁，友好地给兰医生让路，也许是怕兰医生筐里支棱着的芹菜蹭脏了他笔挺的西服。

兰医生回到家，放下芹菜，洗净手上的泥，去收凉台上的衣服。她听到楼下窗帘环在窗帘轨上小心翼翼滚动的声音，才确信人们关于郁容秋放荡的传闻，绝非虚构。

郁容秋就是这么个女人，她丈夫似乎知道这一切。兰医生也在楼梯口遇到过她丈夫领回陌生的女人。但实在讲，那些女人都没有郁容秋漂亮。逢到这种情况，人们总要问清是谁开的头，以便多少能排出个道理来。但郁容秋家的这种局面，已经好多年了，没有人知道谁打的第一枪。因为她男人是外单位的，跟大家没关系，厂里的人就把仇恨集中在“大篷车”身上，不让自己家的孩子同郁容秋的女儿玩，这种防范绝对是有道理的。郁容秋的女儿不过十六七岁，打扮得像个少妇，也常有男孩子来找她了。

有人敲门。兰医生打开一看，几乎不敢认这位楼下的邻居，她卸去往日时髦的服装，穿一套土豆皮色的工作服，蓬头散发，简直像是上门推销被套的外地灾民。但细细观看，裹在粗糙衣服内的胴体，依旧是光洁而明亮的。

“跟您借样东西。”她笑眯眯地说，一改平日的风骚模样。兰医生不合时宜地想到了一个词：从良。

“我能有什么东西值得你来借？”兰医生惊讶地问。眼前的这个女人虽不敢说有多少财富，但男人们供给她的日常用品，都是奢华而昂贵的。”

“借鞋。”郁容秋跺跺小巧玲珑的脚，一双雪白的半高跟皮鞋，把地板跺得像一面铁皮鼓，“脚上没鞋穷半截，您不知道这句古话呀！”

“咱们俩的脚倒是差不多大。但我绝没有比你这双更好的鞋。”兰医生斩钉截铁地说。

“您有。肯定有。我想了半天，最后判定这东西只有您有。您先别把话说死。我要这东西也不是为了自己，全是为了厂里。”郁容秋很诚恳地说，生怕兰医生一下关了房门，便把白鹿蹄似的脚，横在门轴处。兰医生糊涂了，不知自己朴朴素素的家里有双什么鞋被这女人看上了，并且如此耿耿于怀。

“到底是什么鞋呢？”连她也好奇了。

“‘军臭’。我想借您的‘军臭’穿穿。”郁容秋回答。

“‘军臭’是个什么东西？”兰医生真糊涂了。郁容秋赶紧解释：“‘军臭’就是解放鞋。”要不是兰医生当过兵，还真没处找这种古老的装备。

“大篷车”装上“军臭”的轮子，那副尊容，叫人啼笑皆非。

“你为什么要这副打扮呢？”兰医生虽说对郁容秋平日的张扬不以为然，但看到一个漂亮女人钻到这样一套不伦不类的行头里面，好像红玫瑰一下变成了狗尾巴草，还不如当初妖娆着顺眼。

“我当了黄世仁了！”她兴奋地在兰医生家洁净的地板砖上走来走去，崭新的解放鞋底留下一行“人”字形的橡胶花纹。

三角债是一个巨大旋涡，把庞大的国有企业淹得两眼翻白。这件事细说起来复杂透顶，简而言之就是赖账。你欠我的，我欠你的，像瞎驴走在一圈没有尽头的磨道上。兰医生所在厂的厂长是一位干练的女强人，她最初不愿意该人家的账，结果受害最深。账面上她有一大笔钱，但保险柜里空得能给耗子做窝。眼看连工资都发不出来，厂长组织了浩浩荡荡的讨债大军。机关干部全体出动，厂长财神爷似的供着他们。买来飞机票，带上土特产，最后厂长再亲笔签上一封言辞恳切精深意浓的信笺，恳求对方把拖欠的钱还了。

没想到杨白劳如今比黄世仁横多了！欠账不还，成了天经地义的事。各路兵马落荒归来，只带回极少的现钱。全厂几千人的嘴巴要喂，机器不能停产啊！女厂长心急火燎，恨不能用钢钎把太阳穴打个洞，让脑浆凉快凉快，想出一个好办法。

人一到没主意的时候，就想起老祖宗的招数。"贴黄榜！"厂长说，"我就不信，我偌大一个厂子，就没个讨债的人才！咱们的干部，一个个养尊处优惯了，高贵得不行，哪里像是讨账的，像新女婿上门，羞羞答答，客客气气，还能要得回钱来哇？债主就得像个债主的样！卑贱者最聪明，我要不拘一格选人材。甭管你是谁，讨得回钱来就是好样的！"

黄榜贴出来了。底下的工人觉得这是个出头露脸的好机会，不必一天八小时站在机车旁边苦熬苦挣。当干部，出差给补助，还能山南海北地逛逛。就算是讨不回来钱，谅也不能怎么着，大不了还回来当工人呗！真有胆大妄为的撕了黄榜。女厂长的榜同旧时代的不同，不是揭走了就算完？而是随揭随贴，能人多多益善嘛！

过了几天，新贴出的黄榜就没人揭了。听说对每个敢揭榜的人，厂长都在百忙之中亲自面试。没有人能过得了这一关，厂长一挥手，你该回哪儿回哪儿，你该干什么就干什么去。有人问女厂长是如何面试的，这些落第之人都守口如瓶。

一时间，谁能加入讨债帮，成了一件大荣耀的事。

一个阳光明媚的早晨，“大篷车”郁容秋走到布告栏前，把黄榜扯了下来，团在手里，却又并不马上离开，用涂着蔻丹的指甲，细细地剔残留的黄纸屑。相当一段时间内路过大门口的人，都看见她站在那里抠纸屑，不明底细的人还以为她又犯了作风问题被人抓住，罚在那里打扫卫生呢！

郁容秋从来没有这么近地观察过女厂长，她觉得自己在靠近一块冰，有一股端庄的威严，从这个女人身上逼射而出。

这是厂里的外宾接待室，最豪华的房子，女厂长把它当做了考场。郁容秋从来没有进过这间屋子，满屋的金属光泽晃得她睁不开眼睛。虽是自己的厂子，却有到了外地的感觉。主要是因为空调使屋里像秋天一样凉爽。还有厂长没有穿惯常的工作服，而是一套质地高档的西装。

陌生的环境，陌生的人。女厂长正是刻意营造出这种气氛。店大欺客，你要是连我都不能说服，还想赤手空拳讨回钱来吗？

两个女人互相注视着。一个是这个厂的最高领导，一个是最普通的女工。

女厂长打量着郁容秋。她有许多工人，她不可能都记住他们。这个女人很漂亮。女厂长不喜欢漂亮的女人，她最优秀的女工程师和女车间主任，都不漂亮。她自己也不漂亮。漂亮几乎是女人事业上的大敌。但厂长很快纠正了自己的思维状态，这次要不拘一格选人才。价值观念要整个颠倒过来，因为索债这件事本身就是颠倒了的乾坤，平日里选拔干部要重学历，这回厂长完全不计较这点，而且私下里认为学历越低越好。学校在教授人们知识的同时，也教授人们矜持与自尊，而这两条，恰是于索债极不相宜的。还有平日里要注重表现，这回厂长豁出去了，无论是谁，无论用何种办法，只要把钱讨回来就是英雄好汉。

女厂长讨论过郁容秋的处分问题，那是几年前的事情了。女厂长记住了这个名字，但她不认识这个人。她尽量使自己公正平和地说："现在，假设我为某大厂的厂长，而你是我们厂派出的清欠人员。金额为一百万。开始吧。"女厂长双手抱着肘，缩在巨大的皮圈椅内，好像一只肥硕而警觉的老猫。

郁容秋面对这个威风凛凛的女人，感觉自己像灰尘般的猥琐。美貌、机智、令男人神魂颠倒的手段，这些赖以支撑自己全部自尊的基石，都在顷刻间摇摇欲坠。她从前只在很远的地方看到过厂长，觉得她盛气凌人，不可一世。一大群男人簇拥着她，她颐指气使地吩咐他们，每一句话都是圣旨，在这样近的位置上观察厂长，她觉得厂长实在是一个姿色平庸的女人，斑白的头发，沉重的脑袋，皱纹像一把精致的折扇，铺满脸庞……

门无声无息地开了，像一股轻柔的夜风溜了进来，一位潇洒的小伙子夹着卷宗走到厂长面前，毕恭毕敬地放下，殷勤地打开到某一页……

郁容秋看惯了男人们的讨好的嘴脸，她不佩服男人，她觉得自己能征服他们。她佩服女人，尤其佩服不用她这种手段征服男人的女人。她呆呆地望着厂长，这是在她有限的生活圈子里，活得最高贵的女人。

郁容秋的椅子与女厂长的皮圈椅等高，若论身材，郁容秋还更挺拔些，这样她双眼的位置与厂长是在同一水平，严格追究起来，郁容秋的眼珠还要比厂长的眼珠位置高上几毫米。但郁容秋额头低垂，眼睑半旗似的降着。眼光透过密集的睫毛，仿佛夕阳穿过笔直的白桦树林。眼波飘带似的荡过单人床一般宽大的写字台，从青瓷笔筒的边缘溅落下来，绕过包绕着厂长的那团威严空气，像只小蜜蜂盯在厂长胸前第二颗纽扣上面。那是一粒像纪念章一样沉重而古老的铜纽扣。

“这个扣子不好，要是我，会选一种黑色有大理石花纹的扣子。”

郁容秋很奇怪，这个屋子难道还有第三个女人吗？她能看到自己大脑屏幕上闪现的字吗？要不怎么把自己心里想的话给说了出来？她可真够胆大的了！竟敢批评厂长！厂长是谁？厂长是郁容秋在这个世界上看到的最至高无上的女人。也许有许多女总统女总理比厂长更荣耀更辉煌，但郁容秋没见到她们。电视里见过的那不算。郁容秋在电视里还见过龙卷风和火山爆发呢，同她毫无关系。郁容秋知道全厂的人都崇拜厂长，出身于高级知识分子的家庭，受过高等教育，如今是这样一家重工业工厂的掌门人。做女人做到这个分上，多么气派呀！

那个不知天高地厚的女人，藏在何处？她就不怕女厂长恼羞成怒吗？

女厂长挺满意这个开头。她面试招聘催款员，完全是即席发挥。她被三角债搅得五内俱焚，急等着谁能把钱收回来。她是全厂几千人的当家人，像无米下锅的小媳妇，等着用这钱去还账、买原料，给大伙开工资，买过节发的肉鸡和活鲤鱼。

很多人见了咄咄逼人的女厂长就嗫嚅不语，女厂长挥手就把他们赶出了这间华丽的办公室。这个样子还想索账吗？催款员要先有一种从气势上压倒对方的勇气，而绝不能被对方所屈服。

这个女人居然从指责她的衣服开始，这挺好。从来没有人指责过厂长的穿着，这套西服还是她出国考察时定做的。

郁容秋静等了半天，没听到那个胆大妄为的女人再说第二句话，才猛然醒悟到自己在下意识中把心里话说了出来。她看一个女人，首先是挑剔她的衣服。作为拥有出众姿色的女人，她对别人的长相很宽容。长相是父母给的，就像出身一样，但衣服可是随自己选择。她挑剔过全厂所有女人的服饰，觉得她们都不会穿衣服，她因此充满了自信，觉得自己很有眼光。但她没敢挑剔过厂长，厂长不是平常意义上的女人。没想到，面试竟这样开始了。

“穷啊！厂里没钱。发不出工资。扣子是随便买的，你说的那种扣子很贵。”厂长随随便便地说。

“那种扣子并不贵：……”郁容秋只说了半句，就噤了声。女厂长已经开始扮演一个赖账的角色了。

“我临到进贵厂大门之前，先跟厂里的工人聊了聊，知道您厂子里虽说困难，可并没有到揭不开锅的地步。您看，我这儿有您厂工人的工资条，计算机打的，正经不少呢！不瞒您说，我们厂可真到了山穷水尽的地步。发工资那天，没给大伙儿发钱，发了一个纸条，说没钱请大家勒紧皮带坚持几天，等借回钱就发，先发工人，后发干部。大伙儿一看，也不好再说什么了，最苦的是那些退休工人，腿脚不利落，顶风冒雨地跑到厂里来领钱，年岁大了儿女们嫌弃，全靠这两个钱给自己撑腰呢！我说的就是上个月的事，天气预报不知您还记得不，我们那儿下大雪，发不下钱，老头儿老太太这个骂哟，说厂里蒙骗他们，肯定是把工资存银行里赚利息了，又哭又闹。不怕您笑话，我家还真等着您厂里还了账，我厂里拿这钱发了工资，我拿这工资去买粮呢！我对孩子说，上回你过生日，你舅给你的那十块零花钱还在不？孩子说在，我没乱花，我说你真是妈的好孩子，这钱先借妈用吧。妈说话算话，一定还。只要厂里有了钱，妈就还你的，妈不会赖你的账。大天白日的，妈哪能是那种人呢？”

郁容秋慢条斯理地娓娓道来，一副良家妇女的忠厚相，话语中却机锋四伏。

好！哀兵必胜：女厂长不禁暗暗夸赞。不过她也更为焦虑，这女人谈到厂内的情况，不是事实，起码目前还没有到这种地步，但只要局势继续恶化下去，谁又能保证那种举债食粥的情形一定不会出现？

“今天你就是说出大天来，我也没钱。告诉你，要钱没有要命有一条！”女厂长恶狠狠地说。要她说出这些话来不容易，她是端庄而矜持的知识女性，纵是被逼急了，也不会这样发泄，但从那些灰溜溜回来的催款员嘴里，她听熟了这句泼皮语言。

郁容秋可不怵这个。女厂长咬牙切齿吐出来的话，在她听来那么亲切那么熟稔。她从小就是被这种语言腌出来的，明知厂长是在模仿别人，也顿觉亲热。

“我要您的命有什么用呢？自古以来，杀人偿命，欠债还钱，天经地义的事。真要赖着不还，咱就去打官司。您这个厂宣布破产，到时候来戴大盖帽的查封您的厂子和固定资产，拍卖产品，以资抵债。人死账不烂，这笔钱说到哪儿，您也是要还的！您这厂长当得挺滋润，为了这九牛一毛的事，何必咱们公堂上见！再说，我这回来，是立了军令状的。您的命金贵，我的命可是不值钱，您要是真敢赖账不还，我就敢写了帖子到处散，然后一根草绳吊死在你工厂大门框上！”

“别……别……”不论是作为现实中的还是假设中的厂长，女厂长都急忙摆动双手。

郁容秋轻快地笑了，厂长平日的威严都被这个动作抹去了，原来是个不禁吓唬的女人！看来，她没有跟泼人吵过架！

女厂长毕竟是厂长，她迅速调整了思路，正襟危坐说：“我纵是有还钱之心，也没有还钱之力。真是没钱。人人欠我，我欠人人。要不然我把欠我厂钱的厂家名单抄给你，你能要回多少，全带回去抵账。这下总行了吧？”这又是一把讨债员们无法对付的杀手锏，女厂长转赠给郁容秋。

“您甭跟我说这个，我是一家不烦二主。是您欠我的钱，不是别人欠我的钱。我跟旁人说不着。冤有头，债有主，讲的就是这个理。您可以广开门路，清仓挖掘，俗话说船破了有底，底破了有帮，快沉了还有三百大钉呢！瘦死的骆驼比马大！再不然，我给您出个主意，前两年不是各厂都买了许多国库券吗？您就把它折给我们算了。反正您留也留不住，还谁不是一还呢，给了我，我们全厂念您的好，我个人更是感激不尽，利率该多少算多少，保证不让您吃了亏，你要是同意，咱们这就去取国库券吧！郁容秋说着站起身，做出要走的样子。她虽平日里常同各色人等对垒，像今天这样滴水不漏地叫板，也着实费了精神。幸好临来之前多少看了会子报纸，说起来才有板有限。

“国库券没有了。你来晚了，昨天有人在你前头要账，已经给搜刮走了。”女厂长已开始佩服这个卑微的女工机敏的思维和伶俐的唇舌，但她还要逼她一下。外出索债，什么情况都可能遇到。

“一点都没剩？不能吧，犄角旮旯里总还能再找出点。”郁容秋也觉得自己这话根底不足，可她没想出应对之词，只好借反问以争取一点考虑时间。

“我堂堂一厂之长，怎么能骗你呢？女厂长扮演的厂长果然愠怒了。

“我哪敢怀疑您呢！”郁容秋已经思谋出了对策，反正事情已无理可讲，拿出女人斗法的手段就是了，“那厂长就请您多原谅了。打今天起，我每日到您这办公室外候着拿钱。钱一天不到手，我是一天不会走的！”说完，脸上配合语气布出严霜一般的神色。

“这么着吧：你大老远地跑一趟也不容易，我们厂现有一万台照相机，就抵给你们吧！”并不是女厂长突发奇想，真有一个厂要拿这笔货色抵债，她一时还没想好怎么处置。

“一万台照相机？郁容秋喃喃重复，望着厂长阴晴莫测的脸色，她真不知该如何对答。她突然想自己来遭这份洋罪干什么？厂里有钱发工资，自然有她一份。若是都开不出钱来，天塌下来有高个子顶，也轮不到她一个妇道人头上呢！况且有那么多男人同她好，他们绝不会看着她挨饿受穷的！饿死谁，也饿不死老娘！

她想站起身来扬长而去，走出这间洋溢着冷气令人汗毛孔闭锁的陌生房间，回到她的车床前。她轻车熟路，手艺不错，车出来的活计像她的衣服一样清洁合体。

可她不能这么就走了，得给女厂长一个面子。女人都爱面子，她之所以想当讨债员，不就是想给自己挣一份面子吗！她把厂长这个问题回答了就走。

怎么答呢？去他的讨债员吧！郁容秋顾不得这些了，她只从一个持家的女人来琢磨这件事：“一万台照相机，合我们厂每人分四台？我们要那么多这玩意儿干什么使呢？能熬能煮还是能穿能盖？况且您保修吗，零配件全吗？您不能这么打发我！再退一万步讲，就是我不跟您为难，我一个小小的办事员哪里就拍得了这么大的板！您看这样好不好，您把照相机就地拍卖了，便宜点会有人买的，再把现钱给我。我呢，也同时给厂子里发报请示，能有现钱实在是最好不过。万一卖不出钱来，厂里再定要不要相机的事……”

女厂长被折服了，不卑不亢，不温不火，真是滴水不漏、铁嘴钢牙啊！她站起身，两手撑着桌沿，用对一百个人讲话的声调说：“郁容秋同志，从现在起，我正式聘任你为我厂清欠业务员！”说着伸出手来。

郁容秋吃惊地半张着嘴，任湿润的牙齿在清冷的空气中渐渐干燥……许久才伸出手去，仿佛试摸炉子烫不烫，小心翼翼地把半截手指送进厂长的掌心。

厂长很高大，她的手却是纤巧而绵软的。她吃惊这个身材窈窕的女人，手指却像手表发条一样坚韧而有弹性。她用力摇了摇。

郁容秋受宠若惊，她讨好地问：“您扮的这个厂长是个男的还是女的？”

“男的或是女的，这有什么关系呢？是厂长，这一点就足够了。”女厂长不悦地说，她经常碰到这种性别上的歧视，对于来自男人的，她多少已习以为常，对于来自同性的，她更敏感而愤怒。

“当然很重要！”郁容秋对堂堂一厂之长对这个问题的忽视感到吃惊，她愿意为厂长弥补缺陷：“假如对方是女的，话谈到这里，就没有什么指望了，我只有等您的指示，是空手而归还是押回一万台照相机。假如是个男的，当然还有办法……”

“什么办法？”女厂长已约略猜到了，她眉毛下面的筋肉聚在了一起。但她毕竟是厂长，眉毛本身还停留在原来的位置，整个面容静如止水。厂长受过的高等教育和她良好的家教，使她不愿意以恶意去揣测别人，尽管那谜底已昭然若揭。于是就显出一种恶毒，彼此心领神会不行，她非要当事人把自己的心思明白无误地昭示在太阳底下。

郁容秋脸上有了悲壮的神气："现在不是都时兴用兵法吗？三十六计里，可有美人计这一说。我既然敢揭了您的黄榜，就做了这个准备。为了厂子，为了大伙儿的利益，我也豁出去了。只是我有一个要求，倘若我把钱讨回来了……"

女厂长被这种卑贱和高尚混在一起的坦白打动了，她截断郁容秋的话："我将给你以重奖，你还可以按比例提取数目可观的钱。

"不！厂长！我不是指的这个"郁容秋觉得自己也够胆大的，竟敢打断厂长的话，可她到这里来，不就是为了要说出这句话吗？！"厂长，我只是想与您有个约定……"

女厂长静静地注视着面前这个女人，她的要求和她的坦率，都令女厂长深深不解。女厂长懂几国外语，有高超的管理经验，可她不懂这个与她生理构造相同的女人。不懂就不懂吧，这个纷杂的世界上有多少令我们眩惑的事件！只要能维持工厂的正常运转，其他的又算得了什么！

"好！我答应你！"女厂长郑重地说。

"我天南海北地走，一定能为您买到那种有黑色大理石花纹的扣子。”郁容秋说这句话的时候，像一个调皮的少女。

女厂长正换下西服换上工作服，要到车间里去巡视。

“就是上门讨债，也不必跟灾民似的呀！”兰医生对借到了“军臭”的郁容秋说。

“穿成这样才好要钱呢！人穷志短，马瘦毛长。我一钻到这套衣服里头，自个儿都开始可怜自个儿了。递个小话，装个傻要个赖的，都觉得那么自然。现在我可懂了，为什么演员一穿上服装就进入角色，道理是一样的。干什么吆喝什么呗！”郁容秋兴致勃勃。像兰医生这种地位的女人，在厂里平日要属第一世界，根本不屑理睬郁容秋，今天这么友好，自然是因为郁容秋位置不一样了。

“人凭衣服马凭鞍。有些大厂门禁森严，你这副打扮，恐怕连大门也进不去。”兰医生依旧忧心忡忡。当医生的本来不关心生产，可三角债空前地普及了大家的忧患意识。

“您等着！”郁容秋穿着“军臭”，“噔噔”跑下楼，像士兵紧急集合时一般迅捷。

数分钟后，郁容秋回来了。浑身珠光宝气，像一位雍容华贵的夫人，没容得兰医生看分明，腾腾又跑下楼。这一次装扮成一位端庄清秀的女干部……兰医生一时间眼花缭乱，她家成了服装模特儿演出的舞台，楼下郁容秋家则是后台化妆间。

因为频繁地穿穿脱脱，郁容秋白缎子似的皮肤，沁出淡蓝色的网纹，兰医生给她披上一件军大衣，对这种讨债方式她无以评说，但人可不要冻感冒了。

郁容秋很感动。从来没有哪个女人这样关心过她，“这件军大衣也借给我好吗？我第一站是去东北。”

兰医生点点头。

从此她很难在楼道里再碰见郁容秋了。那女人来去匆匆，好像一股裹着巴黎香水的旋风。郁容秋转战南北，几乎每战告捷。为厂里索回了大量欠资。从此，她出去清债，都是坐飞机。何时回北京，一个电报或是电话打回来，就有小卧车到机场去接，俨然成了一个功臣，郁容秋偶尔出现在厂里的时候，总是穿着最豪华最时髦的服装，连兰医生都觉得供给她军用品，简直是受骗上当。大家背后议论，这个女人，过去是“大篷车”，现在成了“国际列车”了。发奖金的时候，有的人做鬼脸说，这是“大篷车”卖×挣回来的钱。大家哄堂大笑，然后该拿钱买什么就高高兴兴地去买。骂归骂，表面上对郁容秋客气多了。头头脸脸的科长们，见了郁容秋也都点点头示意，毕竟她是厂长亲自发掘出来的能人，又给厂里索回可观的资金。经济滑轮抹了润滑油，别的都是小节了。

郁容秋从未有过这样的神采飞扬，走路的时候腰杆笔直，好像行进在硕大的席梦思床垫上，每一步都充满弹性。

兰医生以敏锐的职业眼光，觉察到郁容秋的苍老和消瘦。尽管施了很重的脂粉，仍旧像破旧门窗上的新漆，无法遮盖虫蛀剥脱的斑驳。

“最近怎么样？”兰医生问女邻居，她觉得她的气色越来越不佳了

“账收得很有成效。郁容秋忧郁地回答。她现在对所有以前伤害过她的人都趾高气扬，对一般人也爱搭不理，但对兰医生，始终十分尊重。

“账催完了，你就可以好好休息几天了。”兰医生说。

“我不喜欢账催完了，也不想好好休息。现在这样多好！”郁容秋说。

真是一个怪女人！原来她的忧郁，不是因为身体不佳，而是担心账快清完了。兰医生本不想再说话，但医生的直觉告诉她，面前这个盛装的女人，患了病入膏肓的重症。

“要是觉得哪儿不舒服，早点看看。人不能太疲劳。当医生的，喜欢有点小病就大叫大嚷的病人，那样不耽误病情。”兰医生谆谆告诫。

“我就是头痛、恶心……全身没有力气。”郁容秋倚着楼梯栏杆说，全然不顾面粉似的尘土沾脏她华美的衣服。

“还有什么？当病人的没有什么不可以对医生说。”看到郁容秋欲言又止，兰医生循循善诱，“要是在这里说不方便，就到我家去吧！兰医生以为她要说出什么怪症状来了。

“其实，我根本就没病！”郁容秋猛地把身子撤离栏杆，把披肩发抖得像大风中的床单。

这女人，讳疾忌医，根本值不得可怜！兰医生在心里冷笑，疾病是最科学的一个妖怪。

果然，郁容秋在外地索债现场突然晕倒，那边怕出人命官司，立即给她买了机票，连同欠款专人护送她回来。兰医生奉旨到机场上去接郁容秋，把她直送医院。她几乎不认识这个风流的女人了，不但因为郁容秋容颜枯槁，更因为她的打扮：破烂不堪的衣服，脚下穿着“军臭”……

郁容秋被诊断为晚期肝硬化。

看到兰医生这么晚来看她，郁容秋说：“兰医生，您来了。”打着招呼，眼睛却还痴痴地往外张望，好像兰医生把什么人掩藏在门外。

“就我一个，先来看看你。怎么样，好些了吧？”兰医生看出郁容秋病势危笃，嘴上还是说着宽慰的话。

凑近了看，才发现红妆之下，郁容秋的肤色已十分黯淡，幽冷的死亡气息，像一种最持久的香精，盖过一切化妆品的气味，从这个鬼魅般的女人身上散发出来。

“病人是不应该化妆的。你描了眉，扑了粉，打了唇红，医生就不知你病得怎么样了。”兰医生温和地说。对一个就要永远离去的女人，什么事不可以原谅呢！

“医生知道不知道，其实已经没有用了。我自己知道就是了。”郁容秋平静地说。

兰医生想起她曾矢口否认自己有病，就说：“要是早点医，会好得更快些。”

“我没有病。”郁容秋微笑着，露出雪白的牙。她全身已充满病态，唯有牙，还是美丽而洁净的。

病到死已临头，还这样固执！兰医生就是再想宽容她，也有几分愠怒。

“真的，这不是病，都是酒害的。我这几年跑外，您知道我喝了多少酒，我想一担担挑起来，能浇几亩好地了！我的肝就是叫这些酒给腌坏了。世上不是有醉枣吗？我的肝是醉肝。赶明火化我的时候，八宝山的烟筒里冒出的气都得是酒味……”郁容秋调整了一下枕头的高度，使自己侧卧得更舒适，用手轻轻捶击着自己的右肋：“我觉得我挺对不起我的肝，跟了我这么多年，我原来都不知道肝在哪儿。想起来不知道肝在哪儿的日子，已经那么遥远了，所有不知道肝在哪儿的人，但愿你们永远别知道，我不能喝酒，有人说会喝酒的女人血管里有一种酶，能把喝下去的酒变成水，这边进那边走，喝多少也不醉。我不知道那种酶是个什么东西，可我知道我没有，我只要喝酒，就觉得那些藏着火苗的水，把我的胃烧得一块一块脱皮，就像尿碱沤了的墙灰，大片往下掉。我鼻孔里喘出的气，只要划一根火柴，就能呼呼冒烟，好像我是沼气炉子似的。酒顺着肠子进了肝，我能感到它们像四脚蛇似的在我肚子里爬。我买过猪肝，软软的，像是一顶红丝绒的帽子。我知道我的肝硬得像一块生锈的钢板，肝中间的每一个小孔都浸满了酒精，像冻豆腐的蜂窝里都结满了冰一样。我想，我死了以后，谁要是有兴趣敲敲我的肝，一定像用高跟鞋敲木鱼一样，又脆又响……”

兰医生椎骨发凉。她不怕死人。也见过濒死之人的侃侃而谈。当一个人要永远告别的时候，他所有的聪明才智，都会像蜡烛临熄灭前的最后一跳，爆发出凄艳的火花。但这个女人太清醒、太冷静了！她不知该怎样同她讲话，居高临下的劝慰或是设身处地的怜悯，都显得那样苍白。她嗫嚅着：“既然不喜欢喝酒，就不要喝嘛……”

“谁说我不喜欢酒？谁说的？”郁容秋涂着黑色眼影的眼帘，像海鸥翅膀一样忽闪着，显出肝脏病人特有的暴躁，仿佛要把那个说她不喜欢酒的造谣生事者从黑暗中揪出来。片刻之后，她又开心地笑了：“我可喜欢酒了。要是没有酒，天知道我的活儿可怎么干！男人们喜欢酒，他们是酒做的骨肉。我跟他们对着喝，酒场上的男人都不愿输在一个女人手里，可他们没有我这种决一死战的气概。他们醉了，我不醉。或者说我连说的醉话也是向他们要账，酒可是个好东西，它能叫人的嘴巴特别快，根本不听大脑指挥。您是研究医学的，您可以查查是不是酒能在神经上钻成洞，让人的思维乱窜？我口袋里有台录音机，我把他们酒桌上说的话都录下来，等他们酒醒了放给他们听。他们比听世界名曲还专心致志。听完了，什么也不说，立马就地还钱然后就赶我走……”

兰医生真没想到自个儿每月发的奖金，竟散发着腥烈的酒气，像一篓子醉蟹。她搓着手说：“嗨……真没想到……”

几乎没有人来看郁容秋。她的丈夫不知和什么女人寻欢去了，女儿也早已有自己的幸福。厂里的有关业务部门来看过郁容秋，进了门，屁股连椅子也不沾，好像病毒会透过厚厚的衣裤，像蚊子似的叮进他们肉里。郁容秋每天都用仅存的气力，把自己化妆得很美丽，端庄地等待着……今天总算来了一个人，她怎么能控制自己谈话的欲望呢！

“当然也有不近烟酒、花岗岩一块的。这样更好办了。我就打扮得花枝招展到他家去。他当然躲着不见。这正中我意，我对他夫人说，你丈夫欠了我的钱，从此后天天来，什么时候还了什么时候算。这一招，简直灵验极了。当天晚上他们家里就不会安宁。我不知道枕头风在别的事情上有多大效力，这桩事上可是马到成功。其实，外地小市的土厂长，我哪能看到眼里去，不过是吓他们一跳看着好玩就是了，谁跟他们当真……”郁容秋咯咯笑起来，声音可是无法化妆的，干瘪粗散，像是从啄木鸟凿空的树洞里发出来的。

戴着瓦片帽的护士小姐走进来，她不去谴责呷呷怪笑的郁容秋，反倒向兰医生竖起了手指：请安静！兰医生明白，这种对危重病人的迁就，也是死亡确已逼近的征兆。她顺势说：“你好好休养，我改天再来看你。”心里说，赶快要向厂长报告，郁容秋的日子不多了。

郁容秋恋恋不舍地欠了欠身，算是送行。突然她说："等一等，我有样东西要给你，"吃力地从床头柜里拽出一双鞋。

是"军臭。"刷得很洁净，像一条背面是绿色、腹部是黑色的干鱼。"医院里找不到鞋刷，我是用手指头捅着刷的。可能不干净，请多包涵。"

兰医生接过鞋，黑色胶底的花纹已经基本磨平了，可见这女人在外地时是经常穿着它的，"我留着也没用，你以后穿吧。"兰医生又往回送。

郁容秋嶙峋的手腕拦住她："我大概没有机会再穿这鞋了。"

"别说这话！你能好！能好！"兰医生诚心诚意地说。

"病在谁身上，谁自己知道。"郁容秋凄然一笑。也许是觉得气氛太伤感了，她转了话题："其实，就是我的病真好了，这活儿我也干不长了。"

"为什么呢？这活儿全厂再没有比你干得更好的了。"兰医生谈的是真心话。无论对郁容秋怀有多少成见的人，也得承认这是一个事实。

"是啊！从前骂我是破鞋的人，现在乖乖地冲我笑。以前有不少男人跟我好过，可他们当着人从不理我，好像我身上刷了一层永远不干的油漆，谁沾上就像斑马似的，走到哪儿都会被人辨认出来。为了他们的这份怯懦，单独相处的时候我加倍惩罚他们。他们不愠不恼，我都搞不清谁是真正的能人了，有时候，看着昨天还在我胯下受辱的男人，今天变得冠冕堂皇当着众人讲大道理，大家还挺服气他，我就想，我征服了这个男人，也就征服了所有佩服他的人。兰医生，您别笑我，我是普通人家的女儿，偏巧又生得心比天高。我想做个出类拔萃的女人，可我没有这个机会：没想到清理三角债给了我一个扬眉吐气的好机遇。我从来没有这么舒心过，从来没有这么被人尊重过。别说喝的是酒，就说喝的是毒药，我也眼睛不眨地咽下去。甭管我在不认识的人那儿受了多大委屈，可一回到我认识的人堆里，我心里甭提有多快活。这回不是靠哪个男人抬举，这是我自个儿挣回来的面子。所以，我巴不得老这么乱，你欠我的，我欠你的，永远也理不出个头绪，我就可以一辈子在天上飞来飞去地清欠，病了住进这带空调铺地毯的高干病房……还是九级……九级啊！我们家祖祖辈辈连见都没见过这种州官府官级的干部……”郁容秋的声音低落下去，好像是梦呓般地模糊起来。兰医生知道垂危病人往往有这种情况，时而神采飞扬，时而委顿如泥，情绪像潮汐陡升陡降，她蹑手蹑脚地退到门口，打算通知护士前来照看，然后自己赶快离开，后事还需要张罗呢。

“兰医生，托您给我带个话。”郁容秋突然扶着床沿睁开眼，声音清朗得如同婴儿的第一声啼哭。

“行。行。带给谁？”兰医生忙不迭地答应，心想这一定是同她相好的一个男人。兰医生是标准的贤妻良母，但听了郁容秋这一番披肝沥胆的剖白，她决定哪怕是违背常理，也一定把这可怜女人的口信带到。

“带给厂长。”郁容秋说。

“哪个厂的厂长？”兰医生掏出随身带的纸笔，预备记。这女人四处周游，定然认识很多厂长。

“就是咱们厂的厂长啊！”郁容秋反倒对兰医生的一本正经惊讶起来。

“什么话，你说吧。”兰医生松了一口气，她回去的第一件事。就是要向女厂长汇报郁容秋的病况。

“我同厂长有个约定。”郁容秋神秘地说。

“什么约定？”

“您回去同厂长说，我跟她有个约定，她就一定记起来了……”郁容秋又像雪人似的委顿下去，充满不愿被人打扰的疲倦。她的头枕在蓬松的鸭绒枕垫上，只压出一个极浅的坑，好像头是一只空水罐。罐子将最后一滴水都倒了出来，就异乎寻常地安静下去，等着岁月的风沙将它掩埋。

“你放心，我一定带到。好好休息，会好起来的。”兰医生说。

“您说，我真的会好起来吗？”不知从哪儿来的力量，郁容秋突然用两手环住兰医生的手腕，兰医生有一种被铐住的感觉。

都病成这种样子了，怎么还存这种不合实际的幻想！刚才不是挺明白的吗，怎么眨眼间又糊涂了，不过，兰医生什么都见过，她小心翼翼地把手退出来，然后毫不踌躇地撒谎：“一定能好！”

“郁容秋真的没有康复的希望了？”女厂长问。在自己家里，厂长卸去了西服和工作服，只穿一件华丽的精纺羊毛衫，像一位尊贵的夫人。

“是的，不但没有康复的希望，而且依我多年医务工作的经验，她的时间也只有这几天了。”兰医生拘谨地说。她虽然常给厂长看病，但这一刻是汇报工作，厂长不是病人。

“你是说她一定要死了？”厂长逼问。

“是这样。”当医生的并不避讳死这个字眼，也许是刚从郁容秋那儿回来，谈到一个目前还活着的女人的死期，毕竟令人不安。

“如果她会活下去，我以后会看她。她给厂子里立下了汗马功劳，她在厂子经济形势最恶劣的困境之中，给了我们以莫大的帮助。假如没有郁容秋的努力，我们不会这么快地从困境之中走出，我们会永远记住她的功绩的……”女厂长竖着茶杯盖儿，轻轻拨动茶面上浮动的梗叶，缓缓地像念一段讣告。

兰医生预感到了某种不祥的气息。

“现在，她要死了，我看，我就不必去了，叫有关部门安排一个后事即可。我很忙，我有许多事。全厂几千工人，我不可能每一个离世的时候，都在他身边守着……”女厂长很响亮地把茶杯盖儿扣上了。

“可是，郁容秋不是一般的工人啊……”兰医生说。

“是啊，她不是一般的工人。她不如一般的工人，她受过处分，名声很坏……”女厂长平视着兰医生，她不明白这个平日很聪慧的知识分子怎么这样不开窍！

“可是郁容秋她说与您有个约定！”

“郁容秋说的？她告诉你了？她至死都不忘这件事吗？”女厂长显然紧张起来，她焦躁地站起身，在地毯上走出很急遽的步伐。

兰医生没想到厂长的反应如此强烈。那究竟是怎样一个女人与女人的约定呢？

“厂长，我只是想与您有个约定。不是钱。我的丈夫对我不好。我的女儿没有钱已经这样轻浮，有了钱，更不知会怎样，我不要钱。我只是希望，假如我能出色地完成规定的清欠指标，我想让您给我鞠一个躬……您是不是觉得我太狂妄了？不，您是我最敬佩的女性。您不仰仗任何男人，凭着自己的本事，堂堂正正地立在这个世界上，所有的男人和女人都尊重您。我一辈子也做不到像您那样，可我渴望也光荣一次，也像模像样地立在人前头一次。厂长，别笑话我这个想法冒昧，我愿意一千次一万次地给您鞠躬，只求倘若我是个合格的催款员，您能代表全厂，给我鞠一个躬……”在那间充满冷气的房间里，郁容秋脸庞上淌过透明的汗液，仿佛粉脸上覆盖了一片水色的香叶。

这真是一个奇怪的先决条件。尽管突兀，女厂长还是感到惬意。“我的腰弯一弯就那么值钱吗？”她戏谑地说。

“我说过了不是为了钱。”漂亮女人低下头，口气却毫不退让。

“好；我答应你！”女厂长郑重地说。鞠个躬算什么呢？这在国际上是普通的礼仪。你可以故作清高的不谈钱，但一厂之长必须谈钱，钱已经像厂长自身的血脉一样宝贵。况且，这个女人能否搞到钱来，还是一个不明底细的神话。女厂长巴不得能早点给这个女人鞠躬，那证明严冬即将过去，春天就要到了。为了工厂，她已经付出了全部心血，再加上脊柱倾斜一下角度，算得了什么牺牲！

今天的厂长望着那天的厂长，觉得她很愚蠢。她没有想到启用这样的女人，在全厂掀起轩然大波，人们普遍认为厂长已经山穷水尽、穷途末路。女厂长坚决顶住了这一点，就像洪峰到来的时刻要不断加高堤坝，她苦口婆心地开导大家：不论人怎样，钱总是干净的。厂里的种种传闻她都知道，她不止一次庆幸自己是女人。假如是男厂长，重用这样的女人，会被人们舌头编织而成的绳索，活活勒死。她以自己卓越女企业家的人格，在为一个下贱的女人做名誉上的担保。这种牺牲和这种代价，只有在其位的人才能体验到。

“郁容秋没有说她同您约了什么。只是说让我带话给您，说您一定记得的。”兰医生小心翼翼地说；

“是的，我记得。”女厂长决定对女医生敞开心扉。一个工厂就像一座海岛，厂长像个孤独的渔夫。

“她要我向她鞠个躬。”女厂长已经平静下来。

好个独出心裁的女人！兰医生在吃惊的同时，也佩服郁容秋的匪夷所思。

“我不鞠！”厂长斩钉截铁地宣布，“作为女人，我很可怜很同情这个女工，不管是什么原因造成她的命运，她的一生是不幸的。假如我是普通人，我完全可以鞠这个躬，作为生者对即将逝世的人的安慰，我还可以做得更周到一些。但是，我身不由己，因为我是厂长！厂长向这样一个卑贱的女人屈膝，会成为厂内经久不息的新闻。在可以预见的不久的将来，它甚至会演绎成骇人听闻的传说。”

兰医生点点头。厂长绝非多虑，工厂的休息室像远古时先民们居住的洞穴，可以诞生最神奇的想象。

“实在讲，像郁容秋这种人的崛起，是由于不正常的经济形势造成的，就好比饥不择食一样。现在，作为一个历史阶段，它已经从我们面前翻过去了。她就要死了，我却还活着，还要给几千人当家。好比一个家里的爷爷，给一个不肖子孙鞠躬，你说我以后还能否有权威？”

兰医生不语。

“所以，请对郁容秋讲，并非我一厂之长食言而已，实是在官身不由人。假如她为了这个厂子，已经付出了重大的代价，那么，请求她再作最后一次牺牲，她想借我这一躬以提高自己做人的价值，我却不能鞠这一躬，要保持作为厂长的价值。作为一个女人，我失信于她，她可以在九泉之下怨恨我。作为一个厂长，我别无选择。”

夜，静寂得如同一张无边的桑叶，无数不知名的声音，蚕似的噬着它，留下大大小小朦胧的空洞。

兰医生的思绪像秋千一样徘徊在两个女人之间，她觉得环境太能左右人的意志了，在充满华贵和死亡气息的干部病房里，她义无反顾地同情郁容秋，在被焦灼的脚步摩擦的女人的步伐也踩出战壕样痕迹的女厂长家，她想：“女人能够干的事业，除了从医之外，实在是很有限的……”

“兰医生……您给我带话……带到了吗？”郁容秋终于没有气力化妆了，像一片剪纸，展展地架在白色的被子下。各色抢救胶管，像一把怪异的伞，笼罩着她。

“带到了……带到了……”兰医生忙不迭地说。

“那她……怎么还……还不来啊？”郁容秋像一个等妈妈回家的小女孩子，怯怯地问。

“她忙。她可忙了。咱们都不知道她有多忙，她可是真忙啊……”兰医生语无伦次但非常坚决地说。

郁容秋闭了一下眼睛，再睁开的时候，像拧去盖子的墨水瓶，漾着幽蓝的光。

“兰医生，您知道我这一辈子什么事干得最漂亮吗？”

“不……不知道。”兰医生夸张地摇头。只要郁容秋不谈厂长，什么话题她都乐于奉陪。

“就是讨账了。”

兰医生点点头。这一次，没有夸张。

郁容秋又闭起眼睛。兰医生以为她就此疲倦地昏睡，觉得很好，没想到她又像打开一本沉重的字典一样，翻开眼皮，刚才是在积蓄力量。

“所以，我一眼就能看出谁想赖账了。厂长觉着我没用了，她放不下面子。她想赖了同我的约定。对不对？兰医生，您甭骗我，我什么都知道。厂长赖了我这笔债，我就要死了，我没地儿去讨了……兰医生，您跟我说实话，我说得不错吧？”郁容秋的双眼，像生满了苔藓的荒原，在一片惨白的背景下，暗淡而执著。

“不不！绝对不是这样！你想到哪里去了！厂长说她一有空儿第一件事就是到医院里来看你，她说你给厂里立了大功。你不能这么不相信人！你要是这样，连我都信不着，我这就走！”兰医生佯装发怒。一般人都不敢对病人发火，但兰医生敢。只有这样，病人才能相信谎言，而谎言是对病人的最高仁慈。

郁容秋果然慌了。“我信。我信。兰医生，别生我的气。我纵是信不过厂长，也不能信不过您。只是我这一辈子，被人骗的次数太多了，我也骗过人……我知道您不会骗我，厂长也不会的，不过是我一天自个待着没事，瞎想得太多了……”郁容秋没有闭上眼帘，兰医生却看不到她的眼神。这其中隔着水幕，像汽车大灯厚而瓷的玻璃罩，把郁容秋的瞳仁放大得如同古井……

兰医生再也不想多待一分钟，否则对自己对别人都是煎熬。刚想溜走，听到郁容秋对着空洞的天花板说：“我等着您……”

兰医生在其后的几天内，坚决不去医院，她怕自己抵不住那充满死亡智慧的诘问，反倒更添人痛苦。但她终于忍不住了，跑到医院，她想郁容秋是个聪明的女人，隔了这么长的空白，她该不会再追问什么了。

兰医生猜得真对，郁容秋真的不再追问那件事了。

“这是你们的高干女病人最后一直握在手里的东西。”戴瓦片帽的护士小姐平摊开手。

三枚像围棋子一样润泽的扣子，有着黑色大理石样的纹络。

教授的戒指

“屈侠，你的陶教授挺怪。明明有一位如花似玉的少夫人，为什么还要把戒指戴到中指上？”朱提说。

“戴中指上怎么啦？又不是往卖身契上按手印，还非得用二拇哥。你不是也戴在中指上了？街上偶然碰上，我敢说你连教授脸上的老人斑都没看清，就注意到了戒指，还有如花似玉……女人啊，真是女人！”屈侠装作感慨地说。恋人吵架斗嘴，是感情最好的粘合剂。

“喂！屈侠，你是真傻还是跟着教授做学问做傻的？戴在中指是待字闺中的表示，已婚的人是要戴在无名指上的，你知道不知道？亏我晓得你们教授的底细，要不然还以为他在施放求偶信息呢！”“朱提，不许你信口开河。”屈侠正色道，“教授是医界圣手，是我非常尊崇的导师。你若成为我的妻子，就要恭恭敬敬地对待我的老师。就连他那位美丽的夫人，你也要尊称她为师娘。不可造次。”

“屈侠，现在是什么时辰？”朱提问。

“21世纪的××年5月10日的下午5时10分。”

“噢。你还蛮清楚的。那为什么还要用一个世纪以前的老古董要求我？”朱提撇嘴。

“不是老古董，是国粹。古老传统美德。你知道陶教授那双手，挽救过多少人的生命！”

“我们不要每次约会都谈你的教授好不好？”朱提娇媚地说，“屈侠，说点富有诗意的话嘛！”

屈侠说：“别急，我已经安排了跟你说诗意的话的时间，马上就轮到了。现在我要向你讨教一个学术上的问题，请帮忙。”

“讨教？不敢当。你是医学泰斗的博士生，我不过是个女职员。就像轻量级和重量级的拳击比赛，不可同日而语。”

“你听我说完。当然你对医学是一窍不通，可你在别的事上伶俐得很。比如女人的服装发型？是不是？我的小姑娘？”

“那倒是。可我想不通这能帮你什么忙。”

“你能帮我一个大忙。”屈侠两眼熠熠生光。

“什么忙？”朱提也来了兴趣。

“帮我做一次私人侦探。”

“什么？我？私人侦探？侦什么？是不是你以前的女朋友的近况？”朱提闪着一只双眼皮一只单眼皮的大眼睛，觉得这是今晚上最美妙的一道菜了。

“我只有你一个女朋友，朱提，我跟你说过了。不要把浪漫的情调带到严肃的学术问题里来。”

“好吧。说吧。侦探对象是谁？”朱提竭力把美丽的脸庞绷起来，这使她的眼睛显出天真的诡谲。

“教授。”屈侠简短地吐出这两个字。

“哪位教授？”朱提问。

“还有哪位教授？就是我的导师陶若怯教授。我对其他的教授都称呼姓，比如张教授李教授。唯有对我的老师，省略了姓，犹如我们称呼自己的爸爸妈妈不带姓一样。”屈侠很郑重地说。

“喔！屈侠！我更爱你了！”朱提说着，在屈侠的颊上吻了一下。

“我想你的正常反应不应该是这样的。”屈侠喟叹，“女人怎么从什么事上都可以飞快地联想到爱呢？”他用餐巾纸抹着腮帮子上的口红。

“侦察自己的老师，我当然大吃一惊了！这么惊险的主意谁能想得出来？只有你！我的屈侠。世界上的一切都和爱有关系。现在我们来谈正事。你每天跟他形影不离的，他的一举一动都在你的监视之下，我不是画蛇添足吗！”

“你可不是蛇足，是火眼金睛。我的设想是这样的……”

鸽血红的葡萄酒在空中碰响。

丹岚夫人端上陶若怯教授的早餐：夹黄油的窝头片，掺了奶粉的豆浆，还有几块没有辣椒的四川榨菜。没有辣椒当然不能算是四川榨菜了，只是不知道叫它什么名好，姑且称之。榨菜买来当然是有辣椒的，因教授体弱，辣椒易上火，就被丹岚夫人用纤纤素手洗去了。丹岚夫人看上去只有三十几岁，但照顾起教授来，周到的像个老妪。

教授的胸腔发出金属样的咳嗽。

“今天风这么大，你又咳得这么厉害，在家歇息一天吧。”丹岚夫人轻声劝说。

“不行，今天是我出门诊的日子，许多人是不远万里赶来就医的。在这个世界上，你可以骗任何人，但不能骗病人。”“教授，这等于说您不会骗任何人。我们每个人在他一生的某个时刻都会生病，都是病人。”

“是的。但这并不包括你。”教授不耐烦地说。

丹岚夫人默默退去。教授只有对待病人的时候才和蔼可亲。

教授穿上雪白的工作服，因为他很瘦很高，下摆仅垂到膝盖上方。这使他显得有些滑稽。其实完全可以定做得长一些，但教授说不必了。我的个子大约20岁时就长成了这个样，那正是我开始行医的日子。没有人会为一个普通医生定做工作服。在以后半个多世纪的漫长岁月里，我已经习惯了它像一条超短裙。如果你们现在坚持要给我换一件长大褂，我会被它绊倒的。

教授在走廊里被一位白发苍苍的老婆婆拦住了。

“先生，我要看看你的病……”老太太确实够糊涂的了，说话也颠三倒四的。教授有什么病需要她看！

“老婆婆，您要先去挂个号的。”紧跟着教授的屈侠说。

“号早就挂完了，小先生。老先生，我是大清早从老远的地方赶来的，我的儿子已经死了，要不然他会陪我半夜里就来的……”老婆婆的拐棍杵倒了一个痰盂，污水流到她的脚面上。

“屈侠，你去对挂号的人说，就说我是自愿地为这位老人加个号。要是那个呆板的机器人又说出我的身体之类的话，你就绕开它那些可恶的程序，把病人直接带到我的诊室。”教授边走边说，并不停留。

医院的走廊很空旷。一般的病人都是在家里用电脑直接从医疗中心取得诊断，然后机器人送药上门。只有那些险恶而又复杂的疑难病人，才会来面谒医生。

屈侠把老妪安顿在候诊室，温和地说：“老妈妈，看病是按先来后到的顺序的。只有请您多等一些时候了，很抱歉。”

老奶奶吧嗒着嘴，露出一口白牙说：“能看上大夫就行。真没想到，医院这儿比商店还挤……”

屈侠摇着头说：“您应该想到的。想不到您这么大年纪了，牙齿还这么好。”

老妪说：“年轻人，这是假牙。如今什么都能以假乱真。”

“医道不能。”屈侠转身回到教授的诊室。他要寸步不离地守在教授身边，观察教授怎样诊病。

教授在世界医学界享有盛誉。无论多么扑朔迷离的怪病，只要教授的右手一摸，就能拿出诊断意见。俗话说：对症下药。知道了是什么病，就不愁治了。教授已近老年，技艺愈发炉火纯青。他不保守，每年广招研究生，基础知识的考试极其严格。有幸成为教授的弟子，青年人都欣喜若狂。可惜的是，这么多年，从教授身边就没有毕业一名学子。这不，跟屈侠一起入学的师兄师弟，全被教授淘汰了。屈侠如今可是三亩地里一头蒜——独苗一个了。

“尽管你懂得所有的中西医学理论，但你还远远不是一名好医生。”教授曾说。

“是的。我知道医学是一门同人类历史一样古老的学问。它有时很严谨，已经解剖到细胞分子亚分子水平。有时候又很朦胧，大而化之地像一团迷雾。好的医生是风浪中的船长。”

屈侠说完后紧张得不行。因为教授平常所说的话，不知道哪句就是对你水平的测验。他要觉得你不配再当他的学生，就会客客气气地请你到他家去吃饭。

“我夫人做得一手好菜。”教授心平气和地说。饭后就将你逐出，并不说明原因。

“不怕天不怕地，就怕教授家的席。”这是师兄弟们的临别赠言。

教授没有请屈侠吃饭的意思，说：“做一个好医生是很苦的。”

屈侠说：“一个人的苦，可以换得许多人的欢乐，我想还是很值的。”

教授说：“要有爱心。爱心和爱情是不同的。爱情只是对某一个特定的异性，爱心则要持久广阔得多。你还要研究许多领域，比如电子技术……医学是一个广泛交叉的学科。”

看来教授在短时间内还没有把屈侠轰走的意思，可他也并不传授给弟子什么经验。只让你看，不给你讲。屈侠觉得自己就像旧时木匠铺里的小学徒，师傅让你打眼你就打眼，师傅让你接榫你就接榫。至于手艺，凭你自己摸索去吧！

一年就这样白白耗费了。屈侠一赌气差点想拂袖而去。可是教授的医术对他的诱惑实在是太大了。

每个病人都是一口禁闭的箱子。尽管电脑在屏幕上可以把人肢解为一堆散件，提供像行星运行轨道一样庞杂的数据，给你打出超级市场账单一般的诊断证明，但它还是有百分之一的误差。这是一个可怕的比例。

每个生命都是一个单独的世界，是一个完整的百分之百。谁摊到了这个百分之一，就是万劫不复的灾难。全世界人口已经达到一百亿，百分之一就是一个亿！

况且你想啊，连电脑都被懵住了的病，定是充满探索的奥秘。

卧薪尝胆也得留下来呀！

今天的第一个病人是轮椅推进来的，枯瘦若木乃伊。屈侠几乎立即断定他是癌症晚期。

“先生的肚子里有一个不名肿物。条索状……不是炎症，不是肿瘤，不是寄生虫，不是……”他的随行人员递过来的电脑资料长达一千页，像一部惊世骇俗的长篇小说。

所有的报告单都说不清他到底得了什么病，可连小孩子也能在肚皮上摸到那个像热狗样的赘物。

“先生什么饭也吃不下去……”随从毕恭毕敬地说。

病者是一个大人物。屈侠敏感地判断出来了。身份会使医生莫名其妙地紧张，在格外的谨慎中延宕了病情，使情况愈发复杂。

教授伸出右手，就是中指戴有戒指的手。那真是一只古老又廉价的首饰，好像是镀金的，上镶一粒红玛瑙雕成的相思子。

也许有一个缠绵悱恻的爱情故事。屈侠想。

由于他这一走神，陶若怯教授已经完成了他的诊断过程，松开了病人芦管似的细胳膊。

“请准备一颗微型中子炸弹，爆破半径在650～960微米之间。”教授命令式地说。

“您要谋杀我吗？”病人虽然极端虚弱，还是不失威严地说。

“不。我要拯救你。”教授说。教授对病人从来不用“您”。面对高官重爵，显出居高临下的傲慢。

“用炸弹吗？”病人看了看随从，随从围拢来。他病入膏肓，仍有逼人的震慑力。

“是的。用炸弹。”教授明显地露出厌烦之色。他讨厌病人问长问短喋喋不休。

“我可以在您使用这种非常的治疗手段之前，知道我的腹腔里即将被你炸掉的这座建筑物是什么吗？”病人说。

“可以。不过我一般只同家属谈病情，怕病人的神经经受不起。”教授略踌躇了一下。

“先生一直亲自掌握他自己的病情，因为这对国家是很重要的，您尽可以直说。”随从小声说。

教授说：“好的，那么我告诉你，它不是什么建筑物。如果你坚持使用这个比喻，那它就是……”教授斟酌了片刻，“一间厕所。”

“您这是什么意思？”骨瘦如柴的先生用最后的气力勃然大怒。

“我的意思再明白不过了，你的肚子里的那块货色，是粪便。”

啊！连屈侠都几乎惊叫出声。

先生的脸色像是听到了世界大战爆发的消息。“粪便粪便？！”他惊愕地连连重复。

“您知道先生是谁吗？教授！”随从恶狠狠地问。

“我不需要知道他是谁。他是病人，这就足够了。”教授淡淡地说。

“不要吓着教授。把我当平常人来医病，最好。到底是怎么回事，还请教授详细讲讲。”先生毕竟有些大将风度，又知道了肚里不是癌，心情就好起来。粪便就粪便吧。

“你小时候有一次空着肚子吃了不少黑枣，后来肚子就有些胀，过了一段时间就好了。黑枣与你的肠液结成了小小的结石，像一株有生命的植物，在漫长的年代里不动声色地长大。在大约200天前，你生了一场很大的气，好像是感情上的波折。气郁化痞，这个东西就骤然膨胀。由于你精神上的高度紧张，胃肠蠕动几乎完全终止。这块肿物就显出了恶性病变的征候……”教授的语调徐缓平和，像在念一册古旧的线装书。

先生未置可否，只是说：“假如您能治好我的病，使我还能在这个位置上服务，我想提名您为国家安全部门的负责人。您好像有特异功能。”

教授说：“我接受病人的唯一馈赠，是他们的健康。你可以到一旁治疗了。”

骷髅般的先生还想说些什么，教授说：“下一个。”

一位非常妖娆的女士富有弹性地走进来。“您好！”她目空一切地打招呼。

今天怎么尽碰上稀奇古怪的病人？屈侠想。

“你怎么不舒服？”教授常规问。

那女人只是微笑，并不答话。

时间流逝。屈侠想女士可能耳背，大声重复了问话。女士矜持地说：“那您看我哪儿不好呢？”

又碰上了这路病人。他们好像存心要和医家捉迷藏。顽固地信奉：“病家不用开口，就知病情三分。说得对你吃我的药，说不对分文不取”原则，非得让医生先说。

这不是耽误工夫吗？屈侠暗暗叫苦，教授不愠不恼，轻声说：“伸手。男左女右。”

接下去的步骤屈侠不用看也知道。教授伸出中指戴戒指的右手给病人把脉。不知教授年轻时是跟哪位走江湖的郎中学的手艺，依屈侠看，教授把脉的姿势极不标准。位置略高，用力也不均衡。要是创立脉学的先哲看到了，鼻子非气歪。

但教授就是凭着这一摸，成为神医，你不服也得服。据说有人用全息摄像机把教授诊病的全过程拍了下来，回去用极慢的速度重放定格，也看不出丝毫名堂。

“你是一位舞蹈家。此病每月朔、望两日发病。”教授缓缓说。

“哎呀！您怎么知道的？我刚刚从国外回来，就是想逃开这可怕的魔鬼。时差搞得我都不知道是什么日子了，可它还是风雨无阻地来折磨我了。医生您可要救救我。再这样下去，我只有死了才能摆脱它……呜呜……”女舞蹈大师哭起来。

屈侠还是第一次听到这样的怪病，不由得竖起耳朵。

“我的身体里好像有一只铜壶滴漏，它精确地辖制着我的生命钟。每到发作的时候，我抽搐不止，全身痉挛得像一张铁弓。我恐惧极了！这么多年来，我从来没有看过医生。这病太古怪了，像一个谋杀案。没有人会相信我的，我不敢到医院，怕人家说我是妖女……”舞蹈大师一反初来时的倨傲，悲悲切切说个不休。

“医生，您就是不能救我，也要告诉我到底是什么病把我害死的。要不我到了阴间也是个屈死鬼啊！”舞蹈大师哭诉着，简直不给别人插话的机会。

教授平和地说：“你不要这么紧张。你的病是在大脑里长了一窝虫子。”

“什么什么！您是否想给小报制造耸人听闻的花边新闻？”舞蹈大师柳眉倒立。

“我和我的助手将终身为你保密。”教授设身处地地说。

屈侠用力点点头。

“我怎么从来就没听说过这种病？”舞蹈大师半信半疑。

别说病人，就是医学院的高材生屈侠，也是头回见到。

“这是一种极为罕见的病症。在我做医生的漫长生涯里，你是第二例。”教授解释。

“那第一例呢？”女病人忙不迭地问。

“很遗憾，他死了。”教授沉痛地说。

“我不信！”舞蹈大师歇斯底里地嚎叫起来。“我绝不会得这样可怕的绝症。你是江湖骗子，你瞎说八道！虫子怎么会像天文学家一样知道月有阴晴圆缺？你看不出我是什么病，就故弄玄虚！”

屈侠想把这个疯狂的女人请到外面去吃点镇静剂。教授轻摆了一下手。

“你听我说。不要小看虫子。虫子也是一种生命。你早年吃过生肉，虫卵就是那时潜进了你的血液。它们在你的脑子里定居下来，生儿育女。它们的繁殖周期是以月相变化为规律。既然澎湃的潮汐都听从月亮的指挥，虫子当然也可以这样了。”教授耐心地解说。

“那我可怎么办？！”舞蹈大师操拳就要砸自己的脑袋，屈侠刚要赶上前制止，女大师又停了手。“不能打。要是万一打漏了，虫子跑了出来，我的头就成了马蜂窝……呜呜……”她孤苦无助地哭了。

“我可以把你的病治好。虫子外面包着一层膜，很薄，但已经足够了。我们可以用β－射线刀将它完整地剔除。”教授很有把握地说。

“真的？”女大师泪眼婆娑地问。

“是的。”教授说。

“您有绝对的把握？”舞蹈大师咄咄逼人地追问。

“医学是没有绝对这个词的。我们将尽力而为。”教授坦诚相见。

“你们要把我的脑袋打开瓢？隔皮买瓜生熟还没个准呢，说我脑袋里有虫，你有什么证据？拿出来！”

虽说女大师重病在身，屈侠也觉得她稍稍过分了一些。这又不是对簿公堂，还要什么证据。你来看病，说明你信这个医生，凡事信则灵不信就不灵嘛！陶教授就是靠圣手摸脉诊病，你还让他拿出什么证据！

没想到教授和颜悦色地说：“你说得有道理。为了更保险起见，你到隔壁去做一下系统检查。”

“要抽很多血吗？我就是因为怕抽血，才不敢上医院的。人家都说您这儿不用抽血，我才来的。没想到又打发我去抽血。”女大师啰嗦不止。

“女士，您是否陷入了一个怪圈。您是仰慕教授的特殊方法，才到我们这里来的。教授为您详细地解说了病情，您却信不过。现在双管齐下，您又有怨言。”作为教授的学生和助手，屈侠忍不住插话。

教授严厉地示意他闭嘴。“人命关天。慎重些好。”

“所有的检查只需一滴血就可以完成。”屈侠耐心地解释。

大师刚离去，诊室的门又被推开。“小伙子，什么时候能轮到我？呵呵，我的腿都坐麻了。”拄拐棍的老奶奶又来了。

教授半仰着脸，雪白的头发遮没了他智慧的额头，已经睡着了。诊断是一桩非常耗费精气神的事情。

“教授累了。一会儿就轮到您了。请再耐心等等。”屈侠好言劝走她。

“人家说虫包没外膜，不能手术。可您说有。”女大师回来了。

“人家是谁？”教授猛然惊醒。

“电脑。”舞蹈大师说。

“请你记住，人脑永远比电脑强。赶快手术，现在是最好的时机。”教授谆谆告诫。

“可是您的第一个病人不是死了吗？我一想起来，好怕。脑袋被打开，那个重新缝起来的人还是我吗？”女大师战战兢兢。

“是你。”教授和蔼地说，“而且比现在的你还要完美。”他沉吟着，思绪穿过遥远的时空。“是的。我的那一位病人死了。这是我终身的遗憾。在那以后的日子里，我无数次地检讨自身。我分析了失误，改进了仪器，不断磨砺感觉……”教授猛地打住话头，“你的手术会成功的。”

“谢谢！谢谢！”女大师倒退着退出诊室，好像是盛大演出之后的谢幕。

病人像传送带似的进来，被教授的圣手抚摸之后，带着明晰的诊断离去。

“还有……几个……病人？”教授虚弱地说，伴随一阵金属调的咳嗽。

“一个……最后的一个。就是您让加号的那位老婆婆。要不然，我劝她回去，下回再来。您太疲倦了。”屈侠心疼地说。

“请老人家来。她来一趟不容易。我们悬壶济世之人，说话要算数的。”教授半阖着眼说。

“您来吧。”屈侠对老婆婆说。

“我……害怕……”老婆婆反倒往后退。

“没什么可怕的。教授只是把脉，请尽量放松。”屈侠劝慰着老婆婆，搀她坐在教授对面。

只要一见到病人，教授就精神抖擞。

老婆婆主动伸出胳膊。

教授把自己的右手扣在老人的右手上，顷刻之间就放下了。

屈侠跟随教授这么长的时间，从未见过教授对病人如此草率。

“为什么？”教授说，语调里充满了好奇。

“你问我为什么来看你啊？我头痛、脚痛、肚子痛、喉咙痛、神经痛……全身上下没有不痛的地方哇！”老人家长吁短叹。

“你所说只有一条是准确的。那就是肚子痛。你正处在月经期。”教授严肃地说。

屈侠吓了一跳。老妪白发飘飘，起码也有80岁了。

“你这个医生，怎么能瞎说呢？我这么大的岁数，重孙孙都有了，怎么还会来红！你呀你，人人都说你医术高，我看是鬼话连篇。我不要你给我看啦！”老婆婆说着，拐杖捣蒜似的捅着地板，气哼哼地走了。

“屈先生，我想请你到我家去做客。”陶若怯教授说。

屈侠的脸白了。

“你是不是哪儿不舒服？”教授关切地问。

“不不。没有。”屈侠镇静下来。反正已是那么一回事了，兵来将挡，水来土屯呗！”

“带上你的女朋友。我夫人说她很漂亮，有一次我们在街上相遇过，可惜我老眼昏花的，不曾认清楚。你应该打个招呼的。”教授亲切地说。

“当时看您和夫人谈兴正浓，不好意思打搅。”屈侠说着，心里想：教授夫人的眼睛快赶上望远镜了。

屈侠全文传达给朱提。朱提说：“教授夫人真的说我很漂亮了？”

屈侠说：“真是妇人之见。人家不过是一句客气话罢了，你就当真。这回咱俩一块去，就可以近距离观察教授一家了。教授是一个谜。”

朱提说：“你看我穿什么颜色的衣服最好？”

“穿白色吧。教授最喜欢白色。”

朱提说：“你那个教授，真像个得道的仙人。”

“他不是仙人。他也感冒，也咳嗽。上卫生间好像还有痔疮。有时候还很忧郁。当他不看病的时候，他是一个平平常常的老头儿，简直就是未老先衰。可他一站在病人面前，就像电焊似的冒出耀眼的火花。经他诊断的病例，有百分之百的准确率。百分之百啊，你知道这是什么含义吗？”屈侠激动了。

“知道。二年级的小学生都知道。不就是个个都说对了吗！”朱提说。

“那就是完完整整的生命。”屈侠神往地说。

“你以后会和教授一样造福于人类的。”朱提说。

“可是教授总是不把过程告诉我。我见到了结果，但我不明白它是如何来的。”屈侠苦恼地说，“你再谈谈那天的感受。”

“让我再好好想想……他按了我的脉，好像和通常的中医有些不同，中间他还调整了位置，好像是在特意寻找一处穴位……用他的戒指。”朱提回忆着。

“太好了！这是很有价值的资料。只是你后来为何狼狈逃窜？”

“我怕他认出我来。其实认出我来倒没什么，只是教授以后知道了他的得意弟子伙同外人，化装侦察他，教授也许会生你的气。我这样一跑了之，他也就算了。”

“你为我想得真周到。谢谢。”

“谢谢要拿出实际行动来。给我一个吻。”

教授的家十分简朴，家具是莹白的冰雪色。但丹岚夫人一出场，就充满富丽辉煌的感觉。她实在是太美丽了，虽说穿的是家常衣服，依旧明眸皓齿光彩照人。她所有的部位都像古希腊的女神一般完美无瑕，特别是眼睛，像黑潭里的寒星，顾盼生辉。当她凝视你的时候，好像有一束闪电传来，阅读你的心灵。

“非常欢迎你们！尝尝我做饭的手艺。我猜你们的教授一定为我吹嘘过了，其实不过是点家常菜。我到厨房去忙，你们坐。”丹岚夫人说着走了。

灿烂的大灯熄去了，只留下暗淡的红烛。这是一个极富诗意的谈话氛围。

“小姑娘，认识你我很高兴。”教授和朱提拉了一下手。这个接触略有些别扭，教授的中指扣住了朱提的手腕子。近在咫尺的屈侠看清红相思子戒指贴在了朱提的“内关”穴上。

“我们其实早就认识了，那天在我的诊室里。你的化妆技术很高明，连我这个老医生，最初都被你骗过了。你为什么要伪装成病人呢？那天你并没有回答我的问题就溜掉了。今天你是作为屈侠的女朋友——我学生未来的生活伴侣到我这儿来做客的，想必是不能再跑了的。那么你就必须回答我的问题了。教授严峻地说。

屈侠暗自叫苦。这是一场鸿门宴，屈侠你怎么就没想到呢？那天教授已经捕捉到了朱提的生命信息，只是不知道她的确切身份，今天不是送货上门了吗？教授借握手巧妙地摸了一回脉，朱提就露了馅儿。

内关穴和戒指，是要害。

朱提尴尬地像只受惊的兔子，跑也不是，躲也不是。

屈侠挺身而出：“教授，一切都是我的错。是我幕后策划，想探到您医术的秘密。”

教授说：“偷艺好像是咱们中国的老传统了。我记得鲁班、孙悟空好像都是偷着学本领的。”脸上的表情高深莫测。

朱提抢着说：“后来他们都被师傅发现了，给骂了一顿。可师傅最后到底是把手艺传给他们了。”

“你们俩可真是天造地设的一对人精。”教授的话里听不出嗔贬之意。

朱提嘴甜甜地说；“我们俩算什么呀。您和师母才是珠联璧合！”

教授莞尔一笑：“我们是半路夫妻，与你们不能比的。”他向厨房叫道，“丹岚，快来看看这对我早已同你说过的年轻人。”

屈侠悚然一惊：原来教授洞若观火！

丹岚夫人款款而出：“急什么？我的原始菜系还没有烧好呢！”

“我很急。”教授说，“他们能打多少分？”

丹岚夫人灿若潭星的美目充满盈盈笑意：“刚见头一眼的

时候我就给他们打过分了。要是不好，我哪里放心你同他们俩说这许多话？”

“到底是多少分呢？”教授迫不及待地问。

丹岚夫人说：“就在这儿讲吗？”

教授说：“你说好了。我对他们俩还是有基本的判断。请你看，不过是为了更保险。”屈侠和朱提面面相觑。他们俩说的“他们俩”当然是指的他们俩了。可这些是什么意思？好像暗号。又不好插嘴，呆呆地看着老大少妻打哑谜

“80分，”丹岚夫人说，“我的汤要溢出来了。”走了。

“真是一个好成绩。”教授高兴地直搓手，“太好了！”

屈侠和朱提呆若木鸡，教授也并不忙于解释。

“这是我特意复制出的原始菜系，你们尝尝味道好吗？来来，先品苔藓汤。”丹岚夫人端上热气腾腾的汤钵。

“这汤钵怎么是用石头抠成的？”朱提大吃一惊。

“你想想，原始人盛流质，除了用石头器皿，还能用什么？”教授兴致很好地解释。

大家呷了一口，果然鲜美无比。

“夫人，你这汤是怎么烧成的，教教我。回家先给妈妈烧，以后再烧给屈侠喝。”朱提天真地说。

丹岚夫人微笑着说：“汤是不难烧的。只是这火却有些难取。”

朱提说：“火有什么难的？煤气火，酒精火，汽油火……

不是多得很？”

丹岚夫人说：“这些火都是不行的。你想原始人从哪里能得到这些火？”

屈侠醒悟道：“那这就必得是天火了。”

丹岚夫人说：“是的。火种是我在大雷雨的天气，从原始森林里被闪电点燃的枯木上取来的。一直保存着。”

陶教授惊诧地说：“我一点都不知道！这对你是非常危险的！”

丹岚夫人说：“你不是推崇返璞归真吗？我愿意为你做这事。你又不是总有学生来做客。”

朱提说：“想不到这汤还这么惊险传奇。屈侠，对不起，我可做不出来了，巧妇难为无火之汤。”

夫人微笑着说：“小姑娘，你何时要做汤了，到我这儿来取火种就是了。只要我在，它就不会熄的。”

教授说：“为了我们的相识，我指的是精神上的。我不能喝酒，就以这古朴的苔藓汤替代，让我们一饮而尽！”

后来又吃了炙烤的兽肉和清蒸的树叶野果，风味特佳。

当天夜里，屈侠被急遽的电话铃声惊醒。

“我是你的丹岚师母。陶教授请你立刻到我们家来！”声音非常急迫。

“陶教授，他……他怎么啦？”屈侠惊恐地问。刚从教授家离开不过几个小时，没有极异常的变化，生性沉稳的教授绝不会深更半夜地打搅别人。

“是的。他说他的情景不好。”丹岚夫人悲切地说。

“我马上就到。”屈侠撂下电话，风驰电掣赶到教授家。

一进客厅，屈侠愣住了。

教授正悠然地坐在沙发上品茶。“你师母做的汤有点咸。”他说。

屈侠哭笑不得地点点头。他的气还没喘匀呢！

“半夜叫你来，真是很抱歉。但科学是一桩需要献身精神的事业，我只能如此。”

屈侠说：“我选择了这个事业，无怨无悔。”

教授说：“你的伴儿呢？”

“在她父母家。”

“叫她一起来吧。我要同你谈的事情很重要。”教授说。

朱提也睡眼惺忪地赶到了。

“特地叫你们来的原因，是我就要死了。”教授从容不迫地说。

“什么？！”屈侠和朱提差点从沙发跌落到地上。面前这位精神矍铄的老人，用谈论天气预报的口吻说到自己的死亡，神情静如止水。

“先生，这不可能！您虽然已鬓发苍苍，但按现代的年龄分野，只是中年人。您怎么就想到死！”屈侠慌忙拒绝先生的话。

“不是想到，是感到。”先生挥挥手，好像赶走一只嗡嗡叫的小蚊子。“我们谈正题。经过我长期的观察和你师母昨晚的当场测试，我决定收你为我的关门弟子，把我一生诊病的心得传授与你。寻觅半生，终于找到理想的传人，我心中快活无比。这件事本想从明天早上开始进行，没想到突然收到了来自体内的异常电波。死亡已经像一只野兽，出现在我的视野。我闻见它的气息了……”教授不得不停下来，浊重地喘着气。这番话耗竭了他的精力。他要积蓄一会儿心神才可继续说下去。

屈侠和朱提惊心动魄地听着。

“你们已经发现了教授戒指的秘密，那就是他半个世纪研究的心血结晶……”丹岚夫人说。

“好了。”教授虚弱地打断了夫人的话，“那些枝枝蔓蔓的事，等以后再说吧。反正你们有的是时间。”

“这枚戒指是一个极为精巧的人体生物电流传感器。人的所有感觉，说到底，都是一种电流。火焰灼伤我们的时候，实际上就是一种损伤电流，恐惧是一种电流，欣喜是另一种电流……”教授滔滔不绝地说。

“那么，我爱屈侠，也是一种特定的电流了？”朱提好奇地问。

屈侠狠狠地瞪了朱提一眼，这是什么时候，你说这些没油没盐的话！可惜朱提只顾半仰脸虔诚地看着教授，根本就没注意到屈侠的白眼。

“理论上是这样的。可以像光谱似的绘制出人类的思想情感频道。还可以加以精确的定量分析，包括变化轨迹。”教授侃侃而谈。

“啊呀！这太可怕了！”朱提惊呼，“我可不想让屈侠知道我在他以前还爱过别人……”

“是啊！”教授长叹一声，“居里夫人也没有想到她的发现会变成惨绝人寰的原子弹。这就是我为什么非常严格地选择传人的原因。并非我的保守，而是事关人类的精神自由，他必须忠诚正直，绝不将这项研究用于医学以外的领域。”教授冷峻地说。

“我发誓。”屈侠明亮的目光清泉般宁澈。

“我也发誓。和老公一道忠心耿耿。”朱提郑重其事地表态。

教授难得地开颜一笑：“我信得过你们！”他接着说，“任何复杂的疾病，体内都会向大脑发出频频的报急电流。只是病人像一个初上战场的指挥官，无法破译这些宝贵的情报……”

“您的戒指就把这些电流传递出来，像接力火炬一样传给您，由您亲身感受病痛分析症状……”屈侠心领神会地说。

“对！对！”教授非常高兴，“你的悟性很好。每次我都在诊断的那一瞬间幻化为病人。这就是我要向你传授的诀窍。”

“我明白了为什么每次诊完病，您都筋疲力尽。因为您就是病人，设身处地感受了痛苦。”屈侠说。

“教授是用自己的痛苦换来了他人的生命。”丹岚夫人心疼地说。

“我没有那样伟大。不过是一个体验了无数病痛的多病之躯，是一个死了许多次的不死之人。经历的苦痛愈多，愈坚定我济世救人之心。”教授又停息下来，大口地喘气。

屋内是死一般的寂静，任何语言都已多余，只有钟表永不迟疑的响声。

“开始吧。我的时间已经进入了倒计时，不敢耽搁了。”教授说着褪下了镶有红色相思子的戒指。“孩子，你把它戴在中指。扣在我的内关穴上……”

屈侠顺从地伸过手去，戴上红色相思子戒指。教授手把手地指点他。

屈侠小心翼翼地扪着导师瘦骨嶙峋的胳膊，并没有丝毫异样的感觉。“喏，要这样调整位置，红宝石一定对准病人的穴位……”教授虚弱但是非常清晰地说。

蓦地，屈侠感到了锥心泣血般的痛楚，差点大声呻吟。剧烈的头痛像毒蛇缠绕着他的脑髓，无数尖锐的玻璃碴蹂躏着他眼睛后方的筋脉，心脏像被章鱼残忍地捏紧又松开，血液沸腾地冒着泡。

看到他陡然变色的脸庞，一旁的丹岚夫人赶快扭转了红宝石的方向，痛苦就烟消云散了。

"第一次，他还不适应。"夫人轻声说。

好舒适好清凉的夜晚。屈侠重又感到自己年轻的躯体矫健而充满活力。健康，健康是多么珍贵美好的财富啊！

"刚才那是……"屈侠嗫嚅着。虽说从理论上他知道是怎么一回事了，但却无法相信。

"是的。那就是教授此时此刻的感觉。很惨烈的痛苦。"丹岚夫人代她的丈夫回答了。

屈侠愕然地盯着教授平静的眉宇，教授淡然地点了一下头。"刚才我们像是一个联体人。这就是心脑血管病的感觉。至于具体的细微分类，你还要多历练，积累经验。

屈侠还没有从片刻前的痛苦中缓过劲来，心有余悸地说："难道不能采取更科学的方法吗？比如测量仪……"

教授说："我毕生都在朝这个方向努力，只是尚未成功，就接到了死亡的请柬。这副担子就要交给你了。"

洪荒般的静谧。

"小伙子，你现在还可以后悔。这件事将腐蚀你一生的幸福。我的第一位夫人就是因为不能容忍这种她称为非人的生活，离我而去。我才……使丹岚在我的生活中出现了。这就是我一定要你们俩一齐来的原因。"教授的嘴角轻轻抽动。

屈侠知道教授是忍受着巨大的痛苦在说这些话。在导师为人类献身的一生面前，他责无旁贷义无反顾。

"我不悔。吾爱吾师，吾爱真理，吾爱人类。"屈侠眼里噙着泪水和火花。

“我爱屈侠。我爱屈侠所爱的一切。”朱提说。

“内关穴为人体内气的总关口……”教授开始传授。

教授让丹岚夫人马上到报馆发一个启事，说自即日开始，圣手陶教授将敞开大门应诊，且皆为义诊，分文不取。吁请海内外疑难病症尽早前来就医。

“教授，您的身体哪里经得住这般劳顿？”屈侠知道教授是想在最后的时日里，多教他一些本领，忍不住劝道。

“不。不完全是为了你。只有当我面对病人的时候，我才感到自身生命的价值。我要用最后的精力，为他们再做一点事，就算告别。”教授微笑着说。

“师母，您不要去发这个启事吧！”朱提偷偷对丹岚夫人说。

“他是劝不住的。”夫人美丽的眼睛充满哀愁，“小姑娘，我已经看出你的未婚夫是很像教授的。但愿你将来不要碰到这种时候。”

病人云集而来。其后的一个星期，屈侠饱经沧桑备受折磨。红宝石相思子戒指，忽儿戴在教授手上，忽儿戴在屈侠手上，像一支燃烧的火炬。屈侠刻骨铭心地记住了什么是癌症的剧痛；什么是炎症的灼热；什么是心脏的梗塞；什么是气管的痉挛……经验在痛苦的地基上耸立起来。

屈侠几次提出再体察一下教授的病况，想借此说服教授休息。教授拒绝："不必。我自己的病自己知道。"

朱提悄声问丹岚夫人："教授大约还有多长时间？"

"那一天夜里叫你们的时候，说还有10天。"丹岚夫人心如刀绞地说。

"只有最后3天了。"朱提滴下泪水。

教授难得地出现了一次误诊。由于他殚精竭虑地救治病人传授知识，自身的痛苦加上病人的痛苦，犹如一把双刃的斧头，加速刈伐着他的生命之树。他的寿命缩短了，今天是最后的晚餐了。

他不愿告诉他们。悲哀已经够多的了，他愿意在微笑中走完最后的台阶。

门外还有病人，教授用商量的口吻说："今天就到这里吧。明天再重新开始。非常抱歉。"

拒绝病人，这在教授漫长的行医生涯里，还是第一次。屈侠想，教授是要把最后的时间留给丹岚夫人。

屈侠把教授送到家，知趣地说："我和朱提走了，明天再来看您和师母。"

教授说："不要走。我需要你在身边。我是一个老猎人，要把自己的经验尽可能多地传给你。以后你就要独自在黑暗中摸索。"

屈侠说："我是站在您的肩头上开始工作的，我会用双手再把他人托举起来。”

教授的眼珠突然像镀了油，晶光四射：“孩子，你不是一直想知道我现时的感觉吗？戴上相思子戒指，扪住我的内关穴，仔细体会。”

屈侠依言办理。他已经很熟练地掌握了方法，调整好位置，红宝石把教授和他的弟子紧紧地粘在一起。

屈侠做好了领略极端痛苦的思想准备，走进了教授的弥留世界。

到处是皑皑的冰雪，砭入骨髓。高远的天空，有五色的祥云逶迤。金色的霞光从云隙中麦芒般地撒下，将峰峦剪出黛青的绿影。远处有辉煌的屋宇，飘渺的音乐像香花的气息弥漫而来。在莽莽苍苍的白雾之中，有一颗红色的玻珠跳荡起伏。一种像羽毛一样温暖而洁白的神韵，源源不断奔涌而出，涤荡寰宇……

这是什么？

在屈侠储存的成千上万份感觉档案里，没有这份独特的境界。

“教授！这到底是什么？是什么！”屈侠失声叫道。

没有人回答他了。只有教授的手紧握着他的手。

“教授去了。他让你最后感觉到一个智者的死亡。那不是痛苦，是一种超凡人圣的解脱。”丹岚夫人说。美丽的女人多半软弱，但此时的夫人，异乎寻常地冷静与果敢。

只是她的胸腔里发出怪异的响声。

明天就要为教授下葬了。将有无数的人为这位普通医生哭泣。

遗体安卧灵堂。

在悲痛的日子里，丹岚夫人没有掉一滴眼泪。她除了安顿教授的丧事，就是向屈侠传授教授的经验心得。

“好了。你现在已经懂得的和我一样多了。教授告之于我的，我已全盘馈赠于你。我想，我们之间的友谊也就到此结束吧。”丹岚夫人端庄地说。她美丽的仪容并没有因为巨大的悲痛而憔悴，依旧光彩照人。

“师母！您为什么要这样说？我和朱提视您为亲人。”屈侠惊恐不安。

“夫人，我们是不是有什么做得不周到？”朱提问。

“不。我很喜欢你们。我给教授的许多学生的品行打过分，这是教授分派给我的任务，他要从中筛选出自己的传人。你们俩是得分最高的。我从看到你们的第一眼就喜欢你们，这也是缘分。但在这个世界上，我最喜欢的人是你们的先生。我之所以留到今天，是因为先生的事业还没有完成。现在，你们已独当一面，我就可以告辞了。”丹岚夫人宁静地说。

“夫人，您不能走！不能走！”屈侠和朱提一起预感到要发生的事，一人拉住丹岚夫人的一只胳膊。他们想师母一定是在巨大的苦难中精神崩溃。

夫人轻轻地但是极有力地推开他俩，说：“屈侠，你来探探我的内关穴。”

屈侠遵嘱扣住夫人的纤纤素手。他以为会触到悲痛欲绝痴迷错乱的情感波，没想到是一下又一下极规律极呆板的振动。又是一个他从未遇到的病例。

“您是……”他充满迷惘地说。他已经知道了那个答案，只是无法相信。

“是的。我是个机器人。教授将他的全部心血献给了事业，爱情背叛了他。极度绝望中，教授制造了我。因为每天看到的都是残缺的人体痛苦的面容，教授采用人类最优秀的黄金分割数据，浇铸了我美奂绝伦的躯体。教授只给我安了一套程序，就是探察世界上美好忠诚的心灵。现代人在勤奋进取的方面，得分都很高，但在忘我与献身上，往往是不及格的。无私地为人类而奉献的精神，作为一种美德，已经像黄土一样流失。教授终于找到了你们，是他的福气。”

“夫人，您和我们在一道吧！您是永远年轻的！”屈侠和朱提异口同声。

“我是很想这样的。教授生前也是这样同我说的。但机器人也是人，机器人也有心。但我的主部件在教授逝去的那一瞬间已经轰毁，巨大的悲痛烧灼了我的电路。现在是备用系统在进行最后的工作。永别了，我的孩子们！你们不要总觉得我年轻，我的年纪其实同你们的祖母差不多大。记住，把我和你们的教授葬在一起。”美丽的夫人说完，走到教授的遗体旁，静静地合上了她亮若潭星的眸子。

一切都和那个喝苔藓汤的夜晚一样，只是没有了教授，没有了夫人。

火把熊熊地燃烧着，那是夫人取自雷电的天火。

朱提对屈侠说：“请把你的红色相思子戒指褪下来。”

屈侠和朱提精心制作了两枚真正的红宝石相思子戒指，同教授赠予他们的那只一模一样。

他们把戒指端端正正地戴在教授和丹岚夫人的无名指上。

紫色人形

那时我在乡下医院当化验员。一天到仓库去，想领一块新油布。

管库的老大妈，把犄角旮旯翻了个底朝天，然后对我说，你要的那种油布多年没人用了，库里已无存货。

我失望地往外走，突然在旧物品当中，发现了一块油布。它折叠得四四方方，从翘起的边缘处，可以看到一角豆青色的布面。

我惊喜地说，这块油布正合适，就给我吧。

老大妈毫不迟疑地说，那可不行。

我说，是不是有人在我之前就预订了它？

她好像陷入了回忆，有些恍惚地说，那倒也不是……我没想到把它给翻出来了……当时我把它刷了，很难刷净……

我打断她说，就是有人用过也不要紧，反正我是用它铺工作台，只要油布没有窟窿就行。

她说，小姑娘你不要急。要是你听完了我给你讲的这块油布的故事。你还要用它去铺桌子，我就把它送给你。

我那时和你现在的年纪差不多，在病房当护士，人人都夸我态度好技术高。有一天，来了两个重度烧伤的病人，一男一女。后来才知道他们是一对恋人，正确地说是新婚夫妇。他们相好了许多年，吃了很多苦，好不容易才盼到大喜的日子。没想到婚礼的当夜，一个恶人点燃了他家的房檐。火光熊熊啊，把他们俩都烧得像焦炭一样。我被派去护理他们，一间病房，两张病床，这边躺着男人，那边躺着女人。他们浑身漆黑，大量地渗液，好像血都被火焰烤成了水。医生只好将他们全身赤裸，抹上厚厚的紫草油，这是当时我们这儿治烧伤最好的办法。可水珠还是不断地外渗，刚换上的布单几分钟就湿透。搬动他们焦黑的身子换床单，病人太痛苦了。医生不得不决定铺上油布。我不断地用棉花把油布上的紫色汁液吸走，尽量保持他们身下干燥。别的护士说，你可真倒霉；护理这样的病人，吃苦受累还是小事，他们在深夜呻吟起来，像从烟囱中发出哭泣，多恐怖！

我说，他们紫黑色的身体，我已经看惯了。再说他们从不呻吟。

别人惊讶地说，这么危重的病情不呻吟，一定是他们的声带烧糊了。

我气愤地反驳说，他们的声带仿佛被上帝吻过，一点都没有灼伤。

别人不服，说既然不呻吟，你怎么知道他们的嗓子没伤?

我说，他们唱歌啊！在夜深人静的时候，他们会给对方唱我们听不懂的歌。

有一天半夜，男人的身体渗水特别多，都快漂浮起来了。我给他换了一块新的油布，喏，就是你刚才看到的这块。无论我多么轻柔，他还是发出了一声低沉的呻吟。换完油布后，男人不作声了。女人叹息着问，他是不是昏过去了？我说，是的。女人也呻吟了一声说，我们的脖子硬得像水泥管，转不了头。虽说床离得这么近，我也看不见他什么时候睡着什么时候醒。为了怕对方难过，我们从不呻吟。现在，他呻吟了，说明我们就要死了。我很感谢您。我没有别的要求，只请你把我抱到他的床上去，我要和他在一起。

女人的声音真是极其好听，好像在天上吹响的笛子。

我说，不行。病床那么窄，哪能睡下两个人？她微笑着说，我们都烧焦了，占不了那么大的地方。我轻轻地托起紫色的女人，她轻得像一片灰烬……

老大妈说，我的故事讲完了。你要看看这块油布吗?

我小心翼翼地揭开油布，仿佛鉴赏一枚巨大的纪念邮票。由于年代久远，布面微微有些粘连，但我还是完整地摊开了它。

在那块洁净的豆青色油布中央，有两个紧紧偎依在一起的淡紫色人形。

阑尾刘

“我切过的阑尾，能够装满一马车。”刘坐在昆仑山一块钢蓝色的石头上，对我说。

我从内地军医大学毕业，又在农场锻炼两载，刚分到昆仑山上。听过许多医学教授讲课，开肠破肚的手术也见过不少，从未见过谁如此大言不惭地谈论人身上这个多余的器官。

昆仑山缺氧。缺氧的感觉类乎酒醉，醺醺然，飘飘欲仙。这时候讲的话，大约不可信。

我看着刘。他面如焦枣。焦枣是完全不够用的，更要憔悴黑紫许多，脸皮不但有横行而且有纵行的皱纹，仿佛井田制。昆仑山是大手笔，在很短的时间内，把人都雕刻成这个样子。

看在昆仑山的分上，我尊重了他。昆仑山有特殊的风俗，不在乎你年龄大小，资历高低，而在于你待在山上时间的长短。你要在昆仑山生活下去，必须要同山有默契。

后来我听人叫他阑尾刘，好像天津的泥人张或是北京的白水羊头李。我想昆仑山上真是没见过世面，但嘴上也得这样叫。

第一次同阑尾刘一道做手术，是在冬天。昆仑山本没有四季可分，只有一个永恒的节气就是大寒。我之所以特别记住了那个日子，是因为手术室里陌生的温暖。

我从未见过如此简陋的手术室。平房、土地，没有无影灯。手指在普通灯光下显出丝绒般的阴影，手术时的感觉像在演盲人摸象。

“这怎么能做手术？又不是打地道战！”我惊呼，严格的医学教育使我本能地拒绝执刀。

“这怎么不能做手术？打起仗来，比这还不如呢！”阑尾刘不屑地说。

天天叫备战，昆仑山离两霸虽远，原子弹一甩起来可没遮拦。

红柳根在汽油桶改制的大铁皮炉里，汹涌澎湃地燃烧，裸露肌肤的病人居然有了汗意。

我拒绝做手术。如果病人死在手术台上，你可怎么办？我始终认为“下不了台”这句话，不是为演员或是领导干部预备的话，而是一位失败的医生的惨痛教训。

“我来。”阑尾刘说。

他并不是医生，只是手术室的卫生员，负责配合手术和室内的清洁与取暖。

温暖在昆仑山上，是一种美妙的奢侈。平日取暖用焦炭，焦炭是从遥远的平原坐几千公里汽车赶来，身价已同大理石相仿。点火时先用汽油将木柴点燃，待炉膛烘得极热，像下饺子似的将焦炭一枚枚投入，留神不要砸伤纤弱的火种。盖上炉盖，耐心地等，千万不能看。如果忍不住掀开炉盖看了，就像神话中偷看了仙女妻子的小伙子，你要悔之莫及。阴冷的昆仑风窜进去，柔弱的炭火就窒息。需要有母鸡孵小鸡的慈爱和无微不至的等待。终于火苗像少女的头发般抖动起来，漾出微薄的暖气，昆仑山上的点火过程宣告胜利竣工。但更多的时候，你感到的是暖气像谣言般的虚无缥缈，一再说服自己，终于忍无可忍，当的一声掀开炉盖，焦炭用它们黝黑而无辜的眼睛注视着你，寻求无法燃烧的责任。

手术室当然不能用这等谋事在人成事在天的取暖法，不能让病人手术成功却冻出一个肺炎。阑尾刘用废汽油桶凿成一个硕大的铁皮炉，宛若欧洲贵族客厅中的摆设。当然阑尾刘不知道这种相似，他只是陇西一个农家子弟。爱美的天性使他在炉门上镶了一朵铁玫瑰花，阑尾刘残忍地寻找着昆仑山仅存的红柳根，把它们丢进铁皮炉，逼迫它们燃烧。当红柳把惨淡经营数百年以至更长时间才积攒的热量贡献出来的时候，铁玫瑰花变得柔软而透明，窸窸窣窣发出昆虫翅膀的声音。

由于我和许多正规医生的不敢主刀，造成了阑尾刘的喧宾夺主。他穿着手术服走出来的时候，我几乎不敢认他。昆仑山使每个人自始至终穿臃肿的冬衣，臃肿便成为身材的正常组成部分。一旦温暖，褪去棉装，穿贴身的素白手术衣裤。阑尾刘潇洒得如同毛虫变蝶，令人愕然。雪白的口罩遮掩了焦枣，只托起一双睫毛很长的浑圆眼睛。这当然没有什么可夸耀，只有祖先生活在风沙颇大又必须坚持长年室外劳作的人，才会有此设备。

阑尾刘的家世很贫穷，他只读过很少的书，在我们这些受过高等教育的医生面前，他读过的书可以忽略不计。

没读过书的人，竟然成为昆仑山上的一把刀，这使我们颇不服气。

他的阑尾手术做得很漂亮。医生们都用漂亮这个词形容手术，仿佛是一位姑娘。

“你知道什么样的人皮最好吗？”阑尾刘问过我。

“当然是白雪公主的了。”我说。

“白雪——公主？”阑尾刘语调空洞地重复，他从未听说过这个人。他家乡的雪和昆仑山的雪都十分暴虐，只能比拟为强盗。他重新问我：“我是指做手术时，哪种人的皮肉最易切开？”他做了一个执笔写字的动作，我知道那只无形的笔相当于一把寒光闪闪的小刀。

我的眼睛见识过很多手术，手下却很有限，对切人皮的感觉，一时语塞。

“那种刚当兵的乡下后生的皮最好切，像脆梨一样，轻轻一划，就刷地裂开。”阑尾刘很陶醉地说。

“那么老兵呢？莫非时间长了，昆仑山上的风把肚皮都吹出茧子？”我揶揄。

“不是。当兵虽苦，吃食却比在家时好多了，又管饱。几年下来，肚皮里就有了薄薄的板油，下刀时便会像沙粒似地粘住刀口，不爽利。”阑尾刘很认真地说。

只有猪的下水才叫板油，在人体应该庄严地称为脂肪。阑尾刘在家时是杀猪的，分到部队的卫生单位，学了极简单的卫生知识。他觉得人同猪实在是没有什么太大的区别，不过是猪的前腿叫做上肢，猪的后臀尖的那块肉，在人可以打针注射药品。他被分到手术室。

没有人愿意在昆仑山上动手术，气都喘不匀再挨上一刀，你也许就会摸到昆仑山冰凉的鼻子。可人们的阑尾经常发炎，这个人类退化的器官对革命意志进行了最后的反叛。

阑尾手术很多。有一天，主刀医生把病人的皮肤切开，血管随之绷断。有一瞬手术野内很洁净，像雪地上犁出一道尖锐的沟。突然，血从最初的震惊中苏醒，迅猛地喷溅出来，像无数粒红珠子汇集在一起，壕沟被血溢满，凝成一方殷红的小湖。

阑尾刘准确地把手术器械递到医生手中。突然他抛过去的钳子没有人接。主刀医生像一座阳光下的雪人，缓缓地然而无可遏制地扑倒在地上。

昆仑山上有许多奇怪的病症，可以为现代医学增添一部辉煌的分册，包括这种突然的晕厥。

人们忙着抢救医生，手术台上躺着肝胆相照的病人。血像不绝的问号，从年轻的肌肤溅落下来。

如果说唱戏是救场如救火，那么医生是救场如救命。

人们面面相觑，昆仑山极端艰苦，能主刀的医生都派到哨卡去了。

“我来试试。”阑尾刘说。

人们都默不作声。人命是不可以试的。阑尾刘便从他原先站立的位置向前迈动了一步，这一步使他成为主刀医生。

鲜艳的血液提醒人们再不要拖延。这很像战斗中所有的指挥员都牺牲殆尽，站出来一个名不见经传的小伙子，大喝一声：“听我指挥。”人们无可选择。

真不知道阑尾刘是怎样偷学到了所有的手术技巧，也许医学原本就无异匠人，耳濡目染陈陈相因。总之，手术十分成功，病人后来说，如果他还有一条阑尾，也请刘医生割。

阑尾刘从此专切阑尾，把这一门技艺锤炼得炉火纯青。他把刀口做得极小，针脚缝得极匀，像一个巧手的姑娘送给情人的荷包。

人们慕名而来。许多被他割了阑尾的人为他吹嘘，招来许多阑尾没发炎的人也来要求手术。

“你们的阑尾完好得如同一条辛勤的蚯蚓。阑尾又不是资产阶级尾巴，都抢着来割什么！”阑尾刘虽然喜欢这么多人追逐着他，仍旧从医学观点劝阻大家。

“阑尾不是有得用吗？没得用的东西留它做什么？留着发炎吗？发炎不就晚了吗？”南腔北调的战士们给阑尾刘做思想政治工作。

轮到阑尾刘没得话说，他便昼夜兼程地为人们割阑尾，于是便有了阑尾刘最初对我讲的话。

事情的内核其实很辛酸。战士们做了阑尾，身上便算有残疾，复员回家时便可以拿到七十元的健康补助费。再者，回去笃定是要做农民，若是种庄稼时阑尾发了炎，要到县上的医院才割得。盘缠、住院、手术医药费……要花很多钱，哪如在昆仑山上将阑尾割去还能得一笔钱。

阑尾刘的技艺日臻完美，他雄心勃勃地向人体其他区域进展，于是就有了代我主刀的举动，可惜他这一次做得并不漂亮。

阑尾刘是一个手术的天才，但他还需要学习。阑尾刘在做手术和挖红柳根的间隙，虚心地向我们求教。他应该去上一所正规的医学院校，但那时所有的学校都被砸烂，他只有在暗中独自摸索。

我们对他充满嫉妒，并不情愿教他，他送上的学费是铁皮炉子和红柳根。每扇炉门上都有一朵铁玫瑰花，当然要比手术室的小。每一坨红柳根的断面上都有数不清的年轮，它们是越来越苍老了。

后勤申部长的阑尾发炎了。

阑尾人人有，但部长的阑尾就像他的话一样，要比一般人贵重。我们讨论得很郑重，以部长的阑尾根部为轴，画了一个类似钟面的图案，设想了十二种不同的应急措施，一切都万无一失。

阑尾刘自然没有资格参加这种会，医生不是铁匠。

白布手术单把部长蒙起来，显得同普通病人一模一样。狭长的手术布下充满了多皱的肌肤，仿佛祖辈传下的一部羊皮书。

“请问谁给我做手术呀？”白布单子像帐篷一样起伏，病人的声音虽痛苦仍很威严。

“是我。”资历最深的医生恭恭敬敬地回答，若不是他已戴上无沿的手术帽，也许还想行一个军礼。

“为什么不是阑尾刘呢？”部长很惊异地说，伴随着白单子的剧烈起伏。

“这……”老医生一时不知说什么好。说自己的医术高！说阑尾刘没有学历没有职称？说……他最后说：“他太年轻。”

“年轻并不是缺点。既然所有的人都说他阑尾做得好，就让他来给我做。”白单子底下的声音很平和，仿佛在点一个菜或是一段京戏。

躺着的首长也依旧是首长。阑尾刘听到这消息，激动得往铁玫瑰花的炉子里添了几大块红柳根，兴冲冲地去换手术衣。

他看着部长苍老的皮肤觉得像自己的父亲。但父亲的皮肤究竟是什么样子，他已记忆不清。他下刀的时候失去了果决与敏捷，刀锋便有了小小的顿挫。

这是一个不漂亮的开头，他的手指轻轻抖动。部长的血汩汩流出来，给了他安慰。部长的血和新兵的血都是一样，镇定回到了他的指尖。

整个手术过程无可挑剔，我们在为他庆幸的同时也滋生怨毒。

部长终归是部长。他开始发烧、腹痛，刀口像一个婴儿痛哭的嘴，迟迟不肯愈合。

医生们开始会诊，提出无数种设想和方案。医学是世界上最模糊的学问，像一个不负责任的游戏，刚开始时让阑尾刘参加，后来就不让他参加。让他动手术是一个错误，现在这个错误再也不能继续下去了。

我们让阑尾刘回忆，是不是把刀子剪子纱布弯针之类工具遗忘在部长的肚子里了？阑尾刘矢口否认，觉得这是对他的最大侮辱。所有的器械经过清点一样不缺，但我们找不到原因，阑尾刘就是唯一的原因。

部长被上级派来的专车，接到昆仑山下去治疗。临走时他神志昏迷，但还是说了一句很清晰的话："这种事情再不能出现了。”

阑尾刘给许多战士做过手术，这些人都很正常。阑尾刘只给一位首长做过手术，这位首长就蒙受了大痛苦。

我们为部长的宽宏大量而深深感动，他并没有一句责怪阑尾刘的话。人们对阑尾刘的谴责日见深重。

军医大学开始招生。原来认为阑尾刘是最佳候选人的好心人们，全都矢口否认自己的看法。

再也没有一个人找阑尾刘做手术。一个可怕的传言，被昆仑山呼啸的寒风裹胁着，四处飘扬。说阑尾刘以前割过的阑尾，谁知道真割了没有呢？也许完全是个骗局，把人肚子打开来看一看，又原样缝上了，谁又知道。

若是阑尾真的发了炎，这话自然站不住脚。原来肚子疼，做了手术，肚子不疼了，就是明证。但阑尾刘经常割的是没发炎的阑尾。原来也不疼，割了也不疼，谁也搞不清是怎么回事。

割下来的阑尾应该给病人看一眼。就像女人做了流产，医生常把那血肉模糊的团块给女人看，以验明正身。正规的医生都懂这程序，可惜阑尾刘没在意。加上有些病人自己不爱看，说：“又不是牛黄狗宝，怪腌臜人，快扔了吧！”

阑尾刘图快，以后便干脆省了这道工序，现在成了查无凭证的事。

阑尾刘迅速地委顿下去，像一段干枯的红柳根。他依旧把手术室的炉火烧得熊熊，只是不再目不转睛地看我们手术。我们便又动了恻隐之心：那天无论谁给部长做手术，结局都会是那样。医学是神鬼莫测的行当。

我们原谅了阑尾刘，但形形色色被阑尾刘割过阑尾的人，却不肯原谅他。他们怀疑阑尾刘是个骗子，让他们白挨一刀，肚皮上多了一条口子，实际上一无所失。

我们为阑尾刘解释，没有人相信。人们说他根本不会做手术，以前不过是拿病人做试验。

阑尾刘已经没有办法再在昆仑山上待下去了，领导上决定让他复员。

那是一个奇寒的早晨，阑尾刘又穿上素白的手术衣裤，潇洒而精干。

“又有人要手术了？”我问他，心中为他高兴。

“是的。这是我在昆仑山上做的最后一例手术了。”他那浑圆的睫毛很长的眼睛瞪着我，有一份诡谲，一份悲凉。

我冲他点点头。我见过他手术，他的确是极有培养前途的好坯，不过就要回到陇西黄沙弥漫的小村庄。

手术室门窗紧闭，房顶的烟筒冒出袅袅青烟，我知道铁玫瑰花变得淡红而柔软。

时近中午，阑尾刘还没有走出手术室。他操作一向迅速，从未有过如此延宕。我不放心，进门去看。只见他脸色苍白如纸，捂着腹部，对着窗外漫天的飞雪发呆，屋内炉火已熄。

“做完了？”我问。

“做完了。”他答。

“顺利吗？”我问。

“现在还好。”他很谨慎地说。我们同时想到了部长的阑尾。

“病人呢？”我问，因为一直未见人走出。

“在。”他简短地回答。

“在哪儿？”

“在这儿。”他指指自己。

我看着他缠着绷带的腹部，突然有了一个可怕的预感。

“手术者在哪儿？”我追问。

“在这儿。”他又指指自己。

我看到地面上有一幅镜子，其上溅有点点血迹。

“你对着镜子，自己给自己动了手术？”我一字一顿地说，给他以足够的时间反驳，因为这太不可思议，眼前的一切征象又迫我做此结论。

“是。”巨大的体力与智力支出，使他身心交瘁，但这个字还是吐得十分有力。

我只在教授的讲课中得知在极端危险的情况下，医生可以给自己动手术。因为镜面中的一切映像都正好相反，这需要极高的技巧。

“这是真的吗？”我自言自语，不是不想相信，而是不敢相信。

阑尾刘蹒跚走到一侧，端过一个肾形弯盘，其中盛着一条干净完整的阑尾，新鲜得如同刚从地里掘出的小水萝卜。

“你为什么要这样？为什么要这样？”我用力撼动他的肩膀，又猛然松开。“这非常危险，你知道不知道？”

“我知道。我只是要向人们证明，我没有骗他们，没有！我切过的阑尾，能够装满一马车！满满一马车！”他的眼睛因为手术者的喜悦和被手术者的疲倦，闪着莫测的光芒。

“阑尾刘，你不应该走！你会成为一个非常优秀的外科医生！”我握住他的手。很凉，像昆仑山万古不化的寒冰。

“这屋里很冷。”他把手抽出来：“刚才太忙，我实在顾不上往炉中续柴。”

我挑了一坨有一千圈年轮的红柳根，投进镶有铁玫瑰花的炉子。炉火熊熊地升腾起来，看不见的热浪流光溢彩，像波动的水幕将我和他分隔而又包绕。

阑尾刘终于走了，他要我为他做一件事，证明他的阑尾确实被割掉了。这样，得到了七十块钱。

听说他用这七十块钱买了一套家什，后来成为家乡一名很有名气的骟猪匠人。

白杨木鼻子

我是一位外科医生，做过的手术不计其数。单是给病人切除的胃，就是俗称为“心口”的那个东西，足够装满一马车。给我印象最深刻的病例，是一个女人。正确地讲，是那个女人的鼻子。

那时候我刚从医学院毕业，潇洒而热情。眼睛除了观察教授的操作，还关照漂亮的女护士。

“小伙子，我想从教你怎样戴工作帽开始，指导你成为一名出色的医生。”教授的目光像双筒显微镜，无遮拦地瞄准我工作帽边探出的那缕黑发。

我的帽子略微有点歪斜，像一个快乐的水兵。教授残酷地剥夺了我的潇洒，从此不得不经典地把帽檐压得很低，以至于使人怀疑我还有没有眉毛。

一天深夜我值班，楼道里突然响起急骤的跑步声。

医院里是不可以随便跑的，尤其是深夜。

只有一个例外，那就是有了极危重的病人。

急诊室里坐着一对男女。女人戴着大口罩，面目表情不清，端然坐着，双手顺在夹紧的两膝之中，脚尖恭顺地并在一处。那男人干瘪瘦削，眉头紧锁，嘴角翕动，两眼通红，像条被刮掉鳞的金鱼。

我的临床经验尚不十分丰富，一时竟分辨不出谁是病人。

“你……怎么了？”我朝他俩发问。

女人石像似的不动，男人小心翼翼地去解女人的口罩，动作极轻柔。

我终天发觉了一点怪异：那口罩样式古怪，过于平坦……不……不是口罩的问题，口罩很正常，而是……

口罩终于解下来了。我于是犯了一个医生的大忌，不由自主地惊叫了一声——

啊！

口罩下是一个巨大的黑洞，向外冒着腾腾的白气，深不可测。

我竭力镇静住自己，才想起那被黑洞霸占了的地方，原来是长鼻子的部位。

没有鼻子的人面，是一种陌生的东西，平铺直叙到难以容忍。眼睛没有来由地同嘴靠得很近，两颊不可遏制地向黑洞滑去，只有失去血色的上唇，还像破败的灰墙狙击在黑洞的边缘。

它甚至不如骷髅好看。骷髅骨质洁白，简练和谐。眼眶、鼻准、口颊均为结构对称的洞穴，通畅练达，自成风格。

“这是用什么东西……搞的？”

我急切地想搞清凶器的性质。本想用“剜”或是“削”那种字眼，怕太刺激病人和她的家属，才临时调换为词意模糊的“搞”（护士在一旁紧张地登记，我已知道女人叫小茶，男人是她的丈夫老姜）。

“用刨刃。剃的。推木头的那种。”老姜用目光抚摸着创口，那里边缘清秀，想像得出凶器一定薄利如风。他回答得很清楚，用词也准确。

“是谁干的？”我怒火中烧，义愤填膺。这罪行太野蛮太凶残了。

不知何时，教授到了。他毫不客气地打断了我的问话：“要记住我们是医生，而不是法官。医生最重要的职责是挽救生命，修补人体。至于其他的事，自有其他的人去管。”

是的。我应该首先处理病人，可我不知道该干什么。我是个优等学生，可没有任何一本教科书上写过：鼻子被刨刃剃掉的病人该如何处置。也许我应该去读法医系。现在只有机械地服从教授的安排。

常规冲洗消毒，就像处理一颗虫牙被拔掉后的窟窿。小茶的脸庞在冰冷的消毒液下凝然不动，波光粼粼带有樟脑气味的液体，轻柔地在凝脂般细腻的皮肤上漫过，使这张一马平川的人面，像收藏已久横遭破坏的蜡制品。

平心而论，只要躲开脸中部那个巨大的三角形洞穴，小茶的脸还是很美丽的。眼睛像黑杏仁一样，反射出无影灯众多的光斑，如没有月亮的晴朗的星空，嘴有一个极精美的轮廓，像一颗饱满的花生米。

我不禁升起好奇：原来属于这张美妙绝伦脸庞的鼻子，是什么样子的呢？

这种时候想这种问题，似乎有点不伦不类。病人家属在一旁长吁短叹。我动作幅度稍大，小茶尚未反应，老姜就吸开凉气了。

“痛吗？”我问小茶。对这永远失去亲生鼻子的年轻女人，颇多恻隐，生恐自己弄痛了她。

“一点也不痛。那刨刃是新磨的，很利。嗖的一下，凉凉快快，像雨后的风。”

声音是从嘴和黑洞中一齐发出的，单调、刺耳、尖锐。没有鼻腔共鸣的声音，类似秋蝉或毒蛇的嘶鸣。

我感到沁人心脾的恐惧。不单因为这怪异的声音，更因为小茶脸上那似笑非笑的表情，她好像并不感到痛苦，甚或还有几分自豪。

伤口处理已毕。只要鼻腔切割根部不感染，生命便无妨。作为外科医生的职责，已告一段落。至于以后的事，那是整容医生的范畴。

看来，可以结束了。我用眼睛请示教授，发现他正在观察老姜的手。老姜的手虎口处生着厚厚的茧子，简直像那里多长了一块骨头。只有常年握持某种工具的匠人，才会这样积重难返。

“看来，咱们俩是同行喽。”教授对老姜说。老姜正充满怜爱地看着小茶，被这突然的问话吓了一跳，几乎是本能地点点头，又立即摇头。

“我哪能跟你比呢？您是修理人的。我是修理木头的。”

“你是个木匠。这么说，这件事就是你干的了？”教授压得很低的白帽子耸起一道粗重的棱。我知道，白布遮掩下的眉毛皱缩起来。

我想教授一定是被这张没有鼻子的女人脸唬得思维混乱。老姜一定得捶胸顿足，因为不仅不可思议，而且近乎诬陷。退一万步讲，即令真系他所为，也断乎不会承认。

不想，我错得一败涂地。老姜很痛快地回答：“是我。”

也许我惊愕之色过于外露，老姜受了委屈，指着小茶：“你叫她说！是不是我？”

“是哩是哩。你别看他这个样子，真是个好木匠。刨刃磨得最快。冬天若吃涮锅子，让他给刨羊肉片，薄得能透过书上的字。”小茶的声音像急刹车时轮子与水泥路面的尖啸。

这一对男女！吃他们的涮羊肉，只怕自己的鼻子也会掉进火锅。

教授深长地叹了一口气："你们之间发生过什么事，我没有兴趣。我只想问一下，用刨刃刨下的那个东西，还在吗？"他的眼内充满天真的渴望，像一个企盼压岁钱的孩子。

"在。在。"老姜忙不迭地回答，回头白了他年轻但已经不美丽的妻子一眼："我说拿上，你说没用了。怎么样，还是我想得周到吧！"声音中流露出抑制不住的骄傲。

事情愈发变得令人瞠目结舌。老姜掏出一个很干净的手绢包，窝在手心，一层层打开。于是我看见一条鼻梁骨朝下的完整的人鼻子。

教授不动声色地翻看着，像在鉴别这条鼻子的真伪。我猜他也感到好奇。没有谁在这个角度观察过人人都有的鼻子。司空见惯的东西，仅仅换一个方位，就变得令人惊诧不已。它玲珑剔透，曲线优雅，就像一件小型乐器。

我们都围过来观看小茶的鼻子，包括她本人。

"我打算把它栽上去。"教授征询地望着我。

人有时候问询别人，并不是为了得到答案，只是要坚定信念。

这是一个玄妙而充满风险的主意。如果栽上去的鼻子感染，不但得像未成活的枯树一样拔出来，而且性命难保。

"没有鼻子，除了影响美观，妨碍并不太大。"我委婉地表示自己的意见。五官之中，除了耳廓，就数鼻子没用了。

"可人是一个整体，人应该是完美的……"教授注视着黑洞说。

“您老若是能给她把鼻子再接上去，我给您老打雕花的五斗柜……”老姜虔诚地央告，一眼瞥见我这个反对派：“给您也打一个……”

只有小茶没说话，仿佛这事与她毫无关系。

“准备器械。”教授简洁地对我下达命令，口气不容置疑。

我们通宵达旦地手术，细节我已记忆不清。我非常想看看那块使我们耗费了如此巨大精力的刨刃，究竟是怎样狞厉而刻薄。一个愚蠢木匠举手之劳，害得我们付出百倍千倍的时间与汗水。教授的技术精巧娴熟，我想任何一个伟大的雕塑家都要甘拜下风。他面对的材料是模糊的血肉，他把所有的血管神经都接洽得天衣无缝。老姜在电光石火般一瞬中的破坏，终于被教授（当然也包括我）惨淡经营地修补起来。现在，只剩下最后一道工序了——将薄薄的表皮缝合到脸模上。我们碰到了几乎不可逾越的障碍，没有合宜的缝合线，小茶的皮肤极细腻洁白，所有的丝线都嫌太黑太粗。

“就这样吧。鼻子能长上去就很不错了，没有人挑剔黑和白。”我在白色手术服下扭动着僵硬如铁的腰颈，长时间俯身操作，即使在无影灯下，我看所有的线条也都成为重影。助手如此，担任主刀的教授，其疲累可想而知。

“如果是这样，她的鼻翼周围会遗有一圈密集的雀斑……不！只差这最后一层，我要完美……尽量完美……”教授喃喃自语。

他摘下自己压得很低的白帽子，露出光洁如月的秃顶，四周还残存着几根银丝般的白发。教授叉开五指，梳理他的白发，平均每个指缝不到一根。他很心痛地迟疑了一下，然后猛地一用劲，把白发拔下来，泡进消毒液。

现在，教授的头颅是大一统了，光可鉴人，显露出巨大的前额和高耸的枕部。在这两块隆起的头骨之下，是人类智慧最密集的脑叶。

泡在消毒液中的白发，蜿蜒伸展，像一条条闪光的小路。

小茶的鼻子被教授的白发，固定在她自己的脸上了。浑然一体，宛若天成。

任何天然的东西，终免不了瑕疵。小茶的鼻端有一粒小痣，其状如一只小小的蚊虫。教授为她做了修正。小茶的鼻子，现在堪称人世间最杰出的鼻子了，造化之灵加鬼斧神工，精妙绝伦，无以复加。

我天天去看小茶的鼻子。它高贵优雅，像浮出海面的一段象牙，闪着晶莹的光润。经过它共鸣过的小茶的声音，柔美动听。

小茶自然很高兴，时常把手掌挡在面前，无端地微笑。只有我知道，她手心里有一片小小的镜子。有时也会把镜片胡乱扔到松软的床上，显出莫名的忧郁。

认识小茶的人，都说她比以前更漂亮了。老姜的态度却令人莫名其妙起来。他非但不再提起雕花的五斗柜（当然我和教授都不会接受这种馈赠，但收不收同给不给是两个范畴），而且双眼不时露出凶狠的敌意。对小茶倒是很好。因为鼻子做手术，嘴的活动大受影响，老姜就给小茶包极小的饺子，喂给她吃。饺子只有拇指盖大小，令人想到他做木匠的手艺也一定精良。

这真是一对古怪的男女，我开始打听他们的身世。如果教授知道，一定会斥责我。他是只认病不认人的。我还没有老练到他那种程度，对病和对人同样感兴趣，更不用说拥有这样一只美丽鼻子的漂亮女人了。

事情简单到令人遗憾。好汉没好妻。赖汉娶仙女。不知是出于政治还是经济原因，年轻貌美的小茶嫁给了丑陋的老姜。姜木匠夜以继日地为人打家具，为小茶添置许多衣物，小茶却不愿为老姜添一个孩子。终于有一天，当老姜手提斧锯外出而归的时候，看到一个高大俊俏的小伙子，正在吻小茶鼻梁上的那颗痣，于是……

这故事远没有书本上舞台上缠绵悱恻，但因为活生生发生在眼前，我还是很关切它的结尾。

“为什么单要剜鼻子？在脸上划几刀不是也可以吗？”有人问木匠。

我觉得这问话很卑鄙。小茶那张美妙绝伦的脸庞，若是被乱刀划破，纵是教授再巧夺天工，恐怕也难以完璧归赵，这不是唯恐天下不乱嘛！

“没有鼻子的女人，比老母猪还要丑。别人不要，我不嫌。家中就太平了。”姜木匠很憨厚地答道。

教授对这一切都不知晓，每天只是很认真地观察鼻子，好像那是他植下的一株珍稀植物。鼻子很争气，长得结实挺拔，欣欣向荣。我想把小茶的病历整理成资料，投往医学杂志发表。这是外科史上一例罕见的鼻子再植成功病例。

教授摆摆手：“不忙。再看一段时间。医学追求完美，更追求长久。不是急功近利的事情。”

鼻子也像家用电器，有保修期吗？我悻悻然，又不得不服从。

小茶出院了。用极清亮极柔美的声音同我们说：“再见。”想起她入院时那毒蛇般的嘶鸣，你会觉得鼻子对于音色比对于美观要重要百倍。

老姜什么也没有说，头也不回地走在前面，好像怕小茶找不到回家的路。

小茶没有再来。连例行的追踪复查也没有来。有人说她的鼻子长得很好，同老姜也过得可以，只是还没有孩子。

我再次想把这病例报道出去，教授依旧不慌不忙：“要注意远期效果，我们一定要亲眼看一看病人的恢复情况，而不要匆忙下结论。”

随时留有充分的余地，也许是成熟医生和实习医生最大的区别。

看来只有哪天到小茶家去一趟了。我一定要看看刨刃，用手指试一下它的锋利程度。

这件事一直拖延着，教授很忙。

一天深夜我值班，楼道里突然响起急骤的跑步声。

医院里是不可以随便跑的，尤其是深夜。

只有一个例外，那就是有了极危重的病人。

急诊室里坐着一对男女。女人戴着大口罩，面目表情不清，端然坐着，双手顺在夹紧的两膝之中，脚尖恭顺地并在一处。那男人干瘪瘦削，眉头紧皱，嘴角翕动，两眼通红，像条被刮掉鳞的金鱼。

这是小茶和老姜。

老姜很熟练地解开口罩。

我已经是见过一些世面的医生了，终于没让什么声音从嘴里发出来。

口罩下又是一个巨大的黑洞！

一切的一切，都依旧依旧。只是黑洞四周有线团样的白丝，随着呼出的气流，旗幡似的拂动。那是教授充作缝线的白发，依然晶莹雪亮，结实柔韧。

“还是用的那个东西吗？”我克制住心中的厌恶、恐惧和愤怒，不愿说出那凶器的名称，尽量平稳地问。

“是。还是上回用过的那种，我觉着挺好使。”老姜恭敬地回答我。知道医生需要了解详情，便努力周全。

小茶什么也没说，像凝固的蜡像。

我点点头，不再询问别的。现在的首要问题是救治病人。

教授到了。我明显地看出他踉跄了一下，然后倚靠在一旁，看我清洗伤口。

小茶的脸庞在冰冷的消毒液下凝然不动，波光粼粼带有樟脑气味的液体，轻柔地在凝脂般细腻的皮肤上漫过。老姜像自身受酷刑一般长吁短叹。每当我手势略重，他便不满地重重斜视我一眼。

伤口处理完毕，看来一切就这么结束了。教授突然按住我的手，犹豫不决地对老姜说："那个……我说的是那个……还在吗？"

我从未见过学问精深德高望重的教授这般畏葸不前。他面色苍白，目光焦灼，双手微微发抖，急不可待又惊惶不安。

"带着哩。带着哩。"老姜显出先见之明的得意之色，从一块油污的纸里，摸出一团东西，伸到教授面前。

于是我看见了小茶那条光洁如玉的鼻子——只是它现在类似一个柿饼。也许叫肉饼更恰如其分。血肉模糊、狼藉一片。两个鼻孔蛮不讲理地重叠在一起，像火车失事后的钢轨。唯有教授白发的残根，依旧闪亮如银。头发是最不容易被吸收的物质，人体可以腐烂，头发却依然长存。

"这是什么？"教授茫然地扫视四周，希冀什么人能给他一个回答。他真的不认识这团椭圆形污浊的物体。

“鼻子呀。小茶的鼻子。不信，您问小茶。”老姜耐心地解释，并找出证人。

“那是我的鼻子。”

声音从嘴和黑洞中一齐发出，单调、刺耳、尖锐。却没有悲伤。

“它怎么成了这个样子？这个样子！”教授咆哮起来。全然不顾医学专家温文尔雅的风度和对面墙上斗大的“静”字。

这问题原是不必回答也不能回答的。可惜老姜是很实诚的人，原原本本答道：“是用脚踩的。我用脚后跟在地上碾着踩了一圈。”

这方法的确很地道。它使鼻子的所有微细结构消失在肉酱之中，任何高超的技艺都将望洋兴叹。

“很好！好极了！”教授的白眉毛从帽子里探针般地刺了出来，根根倒立：“那你还把这东西拿来给我看什么？！你可以拿它去喂猪，当肥料，扔到垃圾堆里！可你偏要给我看！我不看！我不认识这东西……永远……不看……”教授的话，开始时气壮如牛，其后却迅速委顿下去，像行将熄灭的蜡烛，尾声竟带出了呜咽。

老姜愣了片刻，嘴角像被绳扯着，慢慢咧了开来，不知是哭还是笑。

在救治小茶的同时，我不得不同时对教授实施急救。他的心脏在顷刻间衰老，微弱得几乎听不见跳动。

“看来，你的鼻子只能这样了。”面对小茶脸上那个简洁的黑洞，我爱莫能助，用残存的恻隐之心说。

“这样也好。早这样，早好了。”小茶的声音高细单调。

小茶第二次出院了，这一次没有说“再见”。她戴着上下都很平坦的大口罩，远看像是糊了一块白纸。

后来，听说她给姜木匠生了一个儿子。再后来，听说她依旧戴着口罩，口罩布很白，天天都换洗。口罩也不再那样扁平，丰满地膨隆起来，一如其下有个周正挺拔的端正鼻子。那是老姜给小茶做的，用最白最细的白杨木。春天叶子绿了的时候，走过小茶身边的人，会闻到白杨树的清香。

“可是那白杨木的鼻子，是怎样安到脸上去的呢？”有人问木匠。

“用胶。粘柜橱拉手的那种。”姜木匠并不保守，很和气地告诉别人。

我于是想到我们用过的缝合线，觉得不很聪明。教授绝口不提这件事了，好像它从未发生过。我却始终存有淡淡的遗憾。它是一次那样成功的手术，却永远无法报告了。